AF285183

Antje Eichner
Urlaub auf Abwegig

Bibliografische Informationen der Deutschen Nationalbibliothek: Die Deutsche Nationalbibliothek verzeichnet diese Publikation in der Deutschen Nationalbibliografie; detaillierte bibliografische Daten sind im Internet über dnb.dnb.de abrufbar.

ISBN:9783754395288

Fünf Geldscheine wellten sich unter einem kleinen Stapel Münzen.

»138 Euro! Ist das alles, was wir für einen Urlaub übrig haben? Was für eine mickrige Ausbeute!«, huschten Lisas große, blassblaue Augen um ihre Ersparnisse herum.

»Wir haben doch gewusst, was auf uns zukommt, wenn wir beide noch einmal mit einer Lehre von vorn beginnen.«

»Ja, es wird hart werden!«, äffte Lisa mit wackelndem, hocherhobenem Haupt den Tonfall ihres Vaters nach. Tommy fand oft, dass sie schon ein bisschen zu viel von dessen sachlicher Art geerbt hatte, auch ohne das sie ihn imitierte.

»Aber wenn man dann erstmal in der Situation ist, tut es einfach weh, sich so einschränken zu müssen.« Kam ihre verletzliche Seite hervor, die hingegen sie nicht jedem zeigte. Tommys Gesicht wurde dann immer ein wenig länger. Er raufte sich sein rotes Haar, während er überlegte, wie er am besten darauf reagierte. »Und alles haben wir nicht kommen sehen. Aber zumindest Einschränkungen hatten wir jetzt genug.«

»Wir lassen uns eben etwas einfallen!«

»Mit 138 Euro? Ich verstehe nur nicht, wo unsere ganzen Ersparnisse hin sind. Wir hatten Geld bei Seite gelegt und du deine Erbschaft. Von einem von beiden müsste doch noch etwas mehr vorhanden sein. Wo ist das?«, umkreisten Lisas Hände das kleine Häufchen Bares vor ihr.

»Vor Corona? Für die letzten Urlaube verbraten. Und danach? Miete, deine monatlichen Studiengebühren und so lebenserhaltende Maßnahmen wie Masken, Essen, Klopapier«, verzog Tom das Gesicht und sah zu, wie Liz auf ihrem Stuhl zusammensackte. Türkei, Spanien, England. Ja, sie hatten sich viele kleine Trips in der Vergangenheit geleistet, um sich besonders an den langen Wochenenden vom drögen Schulalltag abzulenken. Nie hätten sie es für möglich gehalten, dass sie gerade den einmal vermissen würden. Doch als vor eineinhalb Jahren die Welt plötzlich ›rien ne marche plus‹ zu ihnen sagte,

1

passierte genau das und seit einem Jahr drückte sie der Gürtel, den sie um so einiges enger schnallten. Seine Freundin war zuerst auf die Idee gekommen, einen Neuanfang zu wagen, und sattelte um. Aus der Reisekauffrau wurde schrittweise eine Finanzbuchhalterin.

»Nicht die günstigste Entscheidung, bei unserer Reiselust.« Spottete er damals über Lisas Plan, ihrem Vater wieder etwas ähnlicher zu werden. Heute war es eine weise Voraussicht. Auch er begann mit Mitte zwanzig ein weiteres Mal eine Lehre. Diesmal zum Garten- und Landschaftsbauer. Während für ihn der schulische Teil seiner Ausbildung lange Zeit komplett weggebrochen war, hatte er sich an Liz´Fernstudium orientiert und sich so viel wie möglich aus Büchern und dem Netz selbst beigebracht. Sie hatten einander abgefragt und intensiver gepaukt als je in ihrer Schulzeit, nur um sich vom Leben mit Liz´Kurzarbeitergeld, seinem Jobben in einem Supermarkt und der Ungewissheit abzulenken, die sich nur langsam aus ihrem Alltag verkrümelte.

Sein Pony stand kerzengerade auf. Geistesabwesend hatte er wieder so lang darin herumgewühlt, dass er aussah, wie ein verfärbtes Einhorn.

»Das ist doch scheiße!«, flogen ihm die Münzen um die Ohren. Liz zog randalierend durch ihre Küche und rüttelte an allem, dass sich nicht wehrte. Tom zückte sein Smartphone, um ihren Wutausbruch für die Nachwelt festzuhalten, da fing ein Sack Kartoffeln einen Tritt und er warf sich vor den kleinen Geschossen in Deckung. Mit plattgedrücktem Hahnenkamm lugte er über die Tischkante.

»Ich hab eine Idee!«, schaute er auf eine der Knollen, die munter vor ihm herumkreiselte. »Großtante Mathilde könnten wir fragen.«

2

»Du willst, dass wir sie anbetteln?« Lisa fielen die erwürgten Pizzaflyer aus den Händen.

»Nein! Quatsch! Das alte Mädchen hat immer ein paar unliebsame Aufgaben zu erledigen. Und indem wir ihr helfen, verdienen wir uns so etwas dazu.«

»Du meinst eine Woche ackern, eine Woche ausspannen?« Mit langen Fingern zog sich Liz den Stuhl heran und setzte sich in Zeitlupe neben ihn. Sie schien nicht überzeugt, von seiner Idee. Ihre zusammengekniffenen Augen musterten ihn misstrauisch. Tom grinste.

»Was wäre die Alternative?« In der einen Hand sein Smartphone und in der anderen das vom Tisch aufgeklaubte Geld gegeneinander abwiegend, schossen die Geldscheine in die Höhe und rannen ihm durch die Finger.

»Na, los! Wähl schon!«

Der nächste Tag war lang. Tom zupfte sich in der Umkleide sein rotes Haar in Form und nahm die Maske ab. Viele der jüngeren Kollegen waren bereits auf dem Heimweg.

»Hey Tommy, soll ich dich für dein Bewerbungsfoto für das Casting zum Mister Unkraut-Ex des Jahres fotografieren? Oder wirds doch nur was neues für dein Tinder-Profil?«, triezte ihn ein rundlicher Typ, der sich am Türblatt festklammerte und Toms große, schlanke Statur von oben bis unten musterte.

»Wie kommst du nur auf so einen Mist?« Tom war fertig und zog seine Jeansjacke vom Haken.

»Weil deine Freundin draußen steht, Gesicht zur Faust geballt. Wäre Zeit für was Neues, wenn du mich fragst«, verstellte er seinem Kollegen kurz den Weg.

»Ich frag dich aber nicht.«

3

»Ziemlich ungeduldig, die Süße. Sie kriegt schon Falten. Beeil dich, bevor sie völlig verknittert.«

Liz trommelte auf das Lenkrad und schaute sich suchend um. Als sie Tommys roten Schopf erblickte, legte sie den Rückwärtsgang ein und juckelte über das Kopfsteinpflaster auf ihn zu.

»Wird ein heißer Ausritt, was? Ich wüsste sonst echt nicht, was du an ihr findest«, grinste ihn der Junge an und Tom verdrehte die Augen.

»Norman«, legte Tom ihm in ernstem Tonfall die Hand auf die Schulter. »Du bist ja noch so jung. Du verstehst das nicht. Sie ist die Einzige, mit der ich meine perversesten Gelüste ausleben kann. Wir bügeln zum Beispiel gegenseitig unsere Masken. Während wir sie tragen! Das wird immer megaheiß! Und heute ... ach, das wird erst was! Sie, meine Großtante und ich. Was für ein Dreier!«, verzog Tom keine Mine.

Norman schüttelte sich. Er rechnete noch den Grad des Inzests aus, da legte Tom mit größter Überzeugung nach: »Sie kommt so dermaßen in Fahrt, kaum das wir über die Schwelle des Altersheims sind. Der Geruch!«, sog er die Luft tief ein. »Diese Mischung aus einem Hauch des Todes, Salben und Gebissreiniger. Hmmm. Dort geht´s dann so richtig ab! Du weißt schon: ›Welche Krampfader ähnelt am ehesten Rudi Carell?‹ spielen. Der Sieger erhält eine Erwachsenenwindel und eine Flasche Franzbrandwein. Rrrr!«, bleckte er die Zähne und ließ den Verarschten stehen.

»Bist du bereit?«, lehnte Lisa sich über den Sitz, um ihm die Beifahrertür zu öffnen, kaum dass er den kreisrunden Hinterhof der Gärtnerei überquert hatte. Das T-Shirt flatterte lässig über seine schlanke Brust und entblößte seine drahtigen

4

Arme, auf denen sich ein dezentes Muskelspiel abzeichnete. Liz sah ihn gern an.

»Kann losgehen!«, pfefferte er seine Jacke in den Fond und sprang hinterher.

»Sag an, wo lang!«, wendete Liz. Ihr Freund setzte sich unter dem niedrigen Dach zurecht und deutete nach rechts.

»Auf zum Arsch der Welt! Vom Betrachter aus die rechte Backe, mit leichter Tendenz zur Kimme!«

Der weinrote Fiat, den die beiden sich teilten, rumpelte vom Hof.

Tommys Großtante Mathilde wohnte keine drei Dörfer entfernt in einer Senioren-Gemeinde. So bezeichnete man die niedrigen Gebäudegruppen, in denen man die alten Menschen aus den Ballungszentren und aus der Gesellschaft verbannte.

G.T. Matti, wie sie genannt wurde, hatte diese Verbannung selbst gewählt, nachdem ihr Mann nach über 55 Jahren Ehe gestorben war. Von der Trauer übermannt, hatte sie allem den Rücken gekehrt, dass sie an ihn erinnerte, und war fluchtartig in ein anderes Zuhause aufgebrochen. In dem hoffte sie, neue Lebensfreude und Ablenkung zu finden. Und G.T. Matti war niemand, der sich lange in Selbstmitleid erging. Selbst die Isolation und das Sterben ihrer Mitbewohner hatte sie nicht unterbekommen. G.T. Matti war für das Leben dankbar und das zeigte sie jedem mit Freundlichkeit und Zuspruch.

Liz hatte als Teenager das lustige Pärchen noch gemeinsam kennengelernt und es fiel ihr schwer, sich vorzustellen, wie jemand, der so sehr an seinem Partner hing, das Leben plötzlich ohne ihn bewältigen musste. Unweigerlich schaute sie zu Tom. Sein Haar flatterte vor der offenen Scheibe im Wind. Mit beiden Händen versuchte er, es einzufangen, gab es auf und

5

schmunzelte sie mit einem Achselzucken an. Sie waren schon lange zusammen und noch länger die besten Freunde. In Liz´ Erinnerung gab es immer nur ihn und sie gegen die ganze Welt, wenn es sein musste. Ihr Herz verkrampfte sich, bei der Vorstellung, wie der Alltag von jetzt auf gleich ohne ihn aussehe. Als hätte Tom ihre Gedanken gelesen, schaute er sie eindringlich an.

»Alles gut?«

»Kannst du dir vorstellen, wie das sein muss, ohne den Partner auszukommen?«

»Nein«, Toms Blick verirrte sich für einen Moment nach draußen, um sich zu orientieren. »Du?«

»Keine Ahnung, wie das gehen soll«, bog sie um die nächste Ecke. »Aber bestimmt nicht so!«

Mit weit aufgerissenen Augen hielt sie auf eine mit Luftballons geschmückte Einfahrt zu. Die Hecken zu beiden Seiten waren zu schiefen Tierformen gestutzt worden und trugen zur Feier des Tages T-Shirts mit Aufschriften. Einen Liguster in Form eines Esels zierte zudem ein Umhang, auf dem stand ›Sei kein Esel und feier mit‹ und an einem Buchsbaum-Schwein im Pyjama hing ein Zettel. › Eds Geburtstag! Hier wird die Garantie seiner neuen Pumpe auf die Probe gestellt! Feierwütige Tester sind herzlich willkommen!‹

»Das muss ich mir merken«, deutete Tommy grinsend hinter sich. In zwei hohen Sträuchern, die in einer Feinrippunterhose steckten, hing das Schild ›Hier fliegt die Kuh, hier steppt das Schwein, hier passt auch du, komm rein, komm rein!‹

Tom sah Liz` ihre Abneigung gegen Reime an. Ihre vollen rosenholzfarbenen Lippen presste sie dann immer zu einem dünnen Strich zusammen. Er grinste für zwei.

6

»Du meinst die Hecken? Oder? Die hast du doch verbrochen!«

»Nur das Werkzeug geliefert«, wiegelte Tom ab.

»Oh, bitte versprich mir, dass du das nie mit Grünzeug nachmachen wirst!« Liz suchte einen Parkplatz.

»Das wäre eine tolle Abschlussarbeit. Eine, im wahrsten Sinne, irre Grünanlage!«

»Dann knick deine Ausbildung lieber gleich.«

Lisa hatte noch nicht einmal die Handbremse angezogen, da kamen zwei Pflegerinnen auf ihren Wagen zugelaufen.

»Herr Grässner? Sie sind hier, um Frau Merker abzuholen?« Liz entging nicht der gehetzte Tonfall, der die beiden Frauen begleitete. Schnell führten sie die Neuankömmlinge in den Komplex.

Liz´ schwarze Slipper quietschten auf dem Linoleum, dessen trostloser Farbton ihr unter all dem Konfetti ins Auge stach. Alles erstickte in Cremeweiß. Nur durch die Dekoration aus Luftschlangen und Fotografien ertrug sie es, hinzusehen. Der Mundschutz einer der Betreuerinnen wackelte hektisch.

»Letzte Woche hat sie mit unseren Herzpatienten um deren Medikamente geschachert. Als wir das unterbanden, haben sie sich auf Strippoker verlegt. Und als wir ihr versucht haben, klarzumachen, dass das nicht ratsam für ihre Gesundheit ist, haben sie um unsere Pfleger gezockt.«

»Von denen mir jetzt der stattliche Ingolf gehört. Den Sie sich natürlich jederzeit ausleihen dürfen.« Noch ehe sie fertig war, schlossen Mathildes Arme ihre beiden Besucher auf das Herzlichste ein. »Und ihr zwei ebenfalls. Nur nicht gleich jetzt. Er versucht gerade, eine Stripperin für unseren Ed zu organisieren.« Wie auf einen Startschuss hin, stoben die Altenbetreuerinnen davon.

7

»Das klappt immer«, henkelte Mathilde ihre Gäste ein. »Nun, da wir ungestört sind. Was führt euch zwei Jungspunde in den Palast des Mumienschiebens?«

»Wir wollten sehen, wie es dir geht.«

Mathilde hielt die zwei mit einem prüfenden Blick und einem Lächeln auf Abstand.

»Wir wollen unsere Urlaubskasse aufbessern. Hast du einen Job für uns?«

»Schon besser.«

»Alles außer zu strippen!«

Mathilde hielt kurz inne. Sie beobachtete einen jungen Pfleger, der von seinen Kolleginnen hinforteskortiert wurde und ihr einen Schulterblick zuwarf. Er schüttelte den Kopf.

»Ja. Kommt!«,schwenkte die alte Dame um. »Hier werde ich heute nichts mehr verpassen.«

Eine halbe Stunde Fahrt später hatten sie auch das letzte kleine Dorf mit seiner Mischung aus uralten Gehöften und deplatziert wirkenden Neubauten in einer Senke hinter sich zurückgelassen. Der Fiat sank schnaufend auf dem letzten Rest einer Schotterstraße ein. Tom stieg aus, um ihm einen kräftigen Schubs zu versetzten und folgte dem Wagen. Unter seinen Füßen erstreckte sich eine bucklige Graslandschaft, die aussah, als hätte man eine grüne Decke über ein ungemachtes Bett geworfen. Weit und breit nichts das das Auge anzog. Außer einem mickrigen Bachlauf, der von dichtem Gestrüpp und vermoderten Bäumen gesäumt wurde, und einem Betonklotz ragte nur noch ein schiefer Strommast in das Landschaftsbild hinein. Dazwischen zerrte sich der kleine rote Flitzer bis zu der schäbigen Garage durch.

Für eine Sekunde schien Mathilde der Welt entrückt zu sein.

Ihre blassblauen Augen starrten über den Rand ihrer Maske ins Weite, bis Liz ihren Arm streifte. Sie entledigte sich ihres Maulkorbes. Sofort erklang ihre helle Stimme und zog die junge Frau mit sich.

»Ganz ehrlich? Das war das Einzige, dass ich nie an deinem Großonkel verstanden habe. Aber er sagte einmal zu mir: Matti, wenn du es zulässt, dann wirst du hier etwas Besonderes finden.«, wedelte sie vor den zwei gammeligsten Holztoren herum, die Tom je unter die Augen gekommen waren. Der Gestank der vermoderten Bretter biss ihm in die Nase. Tom lenkte sich ab. Sein Blick folgte dem spröden Holzmast, der sich von der Garage weg krümmte und versuchte den Punkt zu finden, an dem sich das Stromkabel seinen Weg in die Gammelgrotte bahnte.

»Ständig hatte er neue Projekte, die er in diesem ..., diesem Monsterklo zu verwirklichen suchte. Zuletzt war es, glaub ich, eine ...«, überlegte sie angestrengt und roch an der Tür. Tom stieg die Galle auf.

»Hm, die Kleintier-Kastrationsstelle mit Peet, war das Jahr davor. Wonach riecht es hier nur? Ach, ja!«, jubelte sie und fischte den Schlüssel aus ihrer Hose. »Die Champignon-Plantage! Das war's!« Damit riss sie an den zur Groteske verzogenen Türblättern.

Der Wind trug den Mief der vermoderten Holzkästen zu ihnen. Liz würgte. Ihr Freund hielt sich tapfer, aber Liz erkannte, an seiner steifen Haltung, dass auch ihm die vor Schimmel starrenden Kästen die Tränen statt des Eurozeichens in die Augen trieben. Was einst als praller Pilz hervorspross, sah nun aus, wie zusammengerutschte, vereiterte Pickel auf einer teilverwesten Leiche.

»Soll ich hier gärtnern?«

9

»Nein! Der Mief vertreibt mir die Interessenten. Seid ihr so lieb und entsorgt mir den Krempel? Dann kann ich das Land verkaufen und ihr bekommt einen Anteil.« Mathildes faltiges Gesicht durchzog ein schelmisches Grinsen.

Liz durchzuckte ein Fluchtreflex. Auswandern oder was auch immer sie von den vor Fäulnis in sich zusammenrutschenden Pilz-Etagensärgen wegbrachte, erschien ihr alles rechter als das. Doch erneut schoss ihr der Gedanke an Urlaub durch den Kopf, den sie dringend brauchten, so das sie ihren Freund stattdessen packte und knuffte.

»Da bist du bei uns genau richtig. Das ist exakt sein Fachgebiet!«, strahlte sie Mathilde an. Fast unhörbar fügte sie hinzu: »Tja, mein kleiner Gartenfreund, merke dir diesen Gesichtsausdruck, denn er passt super zu deinem grünen Daumen. Darum überlasse ich dir die Leitung dieses Projekts!« Tom schluckte schwer an seiner Galle. Angestrengt rang er sich ein Lächeln für seine Großtante ab.

In derselben Nacht umschlich eine besondere Schwärze die Senioren-Residenz. Im spärlichen Schein des Mondlichts hatten die Sträucher und Hecken etwas Bedrohliches angenommen. Nur selten löste es sich zur Gänze aus der Finsternis, schlich über den Rasen, streifte um die Figuren, roch an deren Kleidung und keuchte heiser. Dicht in die dunkelsten Winkel gedrängt, schob sich der kräftige Leib voran. Zweige knackten und knirschten. Die Sträucher in der Feinrippunterhose hatten sein Interesse geweckt. Schnüffelnd näherte es sich dem schlabberig herabhängenden Gewebe. Ein Röcheln, ein Schnaufen, dann schoss es los. In der Residenz platzten Ballons und trieben es in die Schwärze davon.

10

Einen Tag darauf standen Liz und Tom erneut vor den jämmerlichen Überresten eines in die Jahre gekommenen Betonkastens. Was sich vor dem Pärchen aufrecht hielt, verdiente kaum mehr den Namen Garage. Bedeckt mit allem, was sich zu einem Dach zusammenteeren ließ, reckte sich der Schandfleck trotzig aus den Halmen empor.

»Ich wette, es ist der Ekel, der das Ding noch aufrecht hält!«

»Ekel?« Tom schaute sie aus dem Kofferraum heraus an.

»Klar! Selbst die härtesten Umwelteinflüsse haben ihren Stolz! Regen kann kübeln und Eis brechen, demnach kann Wetter kotzen; ist aber nur zu stolz es auf dieses Ding abzulassen«, stülpte sich Liz die Arbeitshandschuhe über.

»Also eher Stolz denn Ekel. Oder sie duckt sich davor ab.«

»DAS würde dann die schiefe Haltung erklären«, griff sich Liz das gegenüberliegende Garagentürblatt und zerrte es über die Grasbüschel.

»Oh, Gott! Wie furchtbar!« Liz schaute sich die schiefe Garage und ihr um einiges schiefere Innenleben durch ihre Handykamera an und geriet ins Schwanken. »Ich muss kotzen!« Der Gestank hatte seit dem Vortag sogar noch zugenommen.

»Aber nicht da rein, sonst müssen wir das auch noch rausholen!«, mühte sich Tom mit seiner Seite ab. »Das kannst du dann als Filter darüberlegen.« Ordentlich Schwung aus der Hüfte holend, zog er und geriet heftig ins Taumeln. Mit einem abgerissenen Brett in der Hand stand er da, aus dem heraus ihm die Klinke auf die Füße fiel.

»Ich bleibe dabei: Ekel!«, hob Liz ihre Zeigefinger. »Das ist mit Abstand, das Schlimmste, was wir je tun mussten. Aber was macht man nicht alles für einen herrlichen Urlaub?«, zog sie sich den Ausschnitt ihres Shirts über die Nase und eilte zum

11

Auto zurück. »Für Freiheit und für ein herrlich frisches Knoblauchbrot mit Waldpilzen, auf Stein geröstet und …«

»Wie kannst du jetzt nur ans Essen denken?«, drückte sich Tom mit der Hand die Nase platt, doch es half nichts. Der Modergestank hatte ihn komplett eingehüllt.

»Weil DU das hier erledigen wirst!«, hielt ihm Liz einen Müllbeutel über die eine Schulter und eine Maske über die andere.

»Nett!«, wagte sich Tom nur geduckt unter dem herabhängenden Türrahmen hindurch. »Ich hätte nie gedacht, dass ich die Dinger mal gern aufsetze.«

»Reiner Überlebensinstinkt. Pass auf, dass dich die Decke nicht erschlägt, ich kann unsere Campingausrüstung nicht alleine tragen. Die würde mich glatt zerquetschen«, winkte ihm Liz aufmunternd zu, während er sich unter einem durch die herabhängende Deckenverkleidung eingestürzten Regal entlangquetschte. Zaghaft setze er den ersten Minispatenstich und durchstieß eines der Bretter, um sich die modrige Erde und Spinnweben in den Müllbeutel zu schieben. Hinter ihm erklang eine gedämpfte Stimme.

»Hmm, Champignons! Also das richtig gute Zeug, wie damals am Brocken. Dieses kleine Restaurant mit der deftigsten Küche aller Zeiten und der spektakulärsten Aussicht beim Essen. Erinnerst du dich? Und nicht wie das hier. Das wär´s jetzt!«
Tom schob weiteren Dreck in den Sack. Trotz der Handschuhe wagte er nicht, die Humuskästen hart anzupacken. Mit spitzen Fingern zupfte er einen aus dem Regal, bevor er weitere Pilze aus den Fächern schabte.

»Oder Chitake-Pilze auf Reis. Pfifferlinge zu Rehbraten«, drifteten Liz´ Gedanken immer mehr ab.

12

»Wirst du damit bitte aufhören, so lange ich hier an Pilzen kratze, die selbst schon Pilze haben?«.

»Nicht protestieren! Arbeiten. Du bist zu langsam.« Genervt wedelte sie mit den Armen und stieß sich vom Wagen ab. Das Knurren ihres Magens war deutlich zu hören. Ihr Hunger trieb sie zu Tom in die Garage. Der Gestank darin war so überwältigend, dass drei tiefe Atemzüge ausreichten, um jegliches weitere Magengrummeln abzutöten. Lisa stieß angeekelt auf.

»Liz, nicht! Lass mich das machen!«, versuchte er, sie aufzuhalten.

»Jetzt stell dich mal nicht so an und beeil dich!«, griff sie nach seinem Pflanzspaten und machte sich daran eine der dicken weißen Knollen aus einer der Regalecken zu kratzen.

»Weißt du, worauf ich so richtig Appetit habe?«

»Liz hör auf!«, hob Tom den Finger, aber sie ignorierte ihn.

»Pfifferlinge!«, hackte sie schwatzend in den weißen Ballon, der mit einem lauten Knacken barst. Hunderte Spinnen ergossen sich über Liz. Die winzigen Krabbler rannten ihr übers Gesicht, strömten unter ihre Klamotten. Mit einem gellenden Schrei schoß Liz ins Freie. Tom strich sich das Vlies über seinem Gesicht glatt. Das breite Grinsen, zeichnete sich deutlich darunter ab. Er zückte sein Smartphone und ließ eines der Tiere über seinen Handrücken laufen, zoomte heran, löste aus und wischte darüber. Sofort wedelten über dem Kopf der Spinne zwei empörte Armpaare wild durch die Luft und lustige Symbole fielen ihr statt Schimpfwörtern aus dem Maul. Jetzt fehlte nur noch ein Schnappschuss seiner Freundin, dann konnte er es posten und sich über die Kommentare dazu freuen.

»Hey Liz! Die Spinne hat denselben entsetzten Gesichts-

13

ausdruck wie du! Willst du mal sehen?«

Ein lautes Quieken. Liz zischte um ihren Wagen. Sie riss sich die Kleider vom Leib, trat nach den Spinnen und kratzte sich mit dem Handspaten das eingebildete Gekrabbel vom Rücken. Tom hörte ihr Fluchen, wie sie sich vor dem Außenspiegel wand. Er setzte die Spinne ab, visierte Liz an und zoomte. Sie war den Tränen nahe. Ein bisschen tat sie ihm leid. Tom betrachtete ihr herzförmiges Gesicht, dann fiel seine Aufmerksamkeit auf sein eigenes Spiegelbild auf dem Display. Der Ausdruck in seinen Augen gefiel ihm nicht. Er schaltete das Gerät aus.

Stoisch räumte er weiter auf. Nach einiger Zeit wurde es still und Liz wagte sich wieder an seine Seite.

»Pfifferlinge klingen gut.«

»Halt´s Maul!« Ihr Magenknurren wurde vom Rascheln der Müllbeutel übertüncht, in die sie sich komplett eingewickelt hatte.

Toms Arme wurden langsam schwer. Liz entging nicht das feine Zittern, wann immer er etwas anhob. Sie überzeugte sich davon, dass die Spinnen fort waren, und packte an einem der abbruchreifen Regale mit an. Gemeinsam stemmten sie sich dagegen. Der Boden knackte, die Halterungen brachen aus und zusammen schaukelten sie es auf. Bedrohlich schwankte der riesige Trümmer unter der nackten Glühbirne umher; ächzte und beugte sich über Toms sauberkeitsbedachte Freundin. Der Dreck rieselte beiden in die Augen. Gleichzeitig stellten sie sich an den Rand.

»Auf Drei!«

»Eins ...«

Das Metallregal stürzte sofort um und zog einen Teil der Deckenverkleidung mit sich. Tom stand im Trümmerregen und zog den Kopf zwischen die Schultern. Liz lächelte ihn schaden-

14

froh an. Ihr Triumph weilte nur kurz.

Mit schwerem Platschen prasselte es auf Liz nieder. Sie legte den Kopf schief. Etwas Längliches rutschte ihr den Nacken hinab. Liz verzog das Gesicht. Tom brauchte eine Weile, bevor er erkannte, was auf ihre Plastikverpackung rieselte.

»Sag nichts!«, verharrte Liz stocksteif, bis ihr eine zweite, schleimige getigerte Nacktschnecke in den Kragen plumpste. Wie auf ein unsichtbares Signal hin flippte Liz aus, rannte, stolperte über eines der Regalbretter und fiel rücklings in den Dreck. Sie strampelte. Sie stieß sich ab. Ihre Füße stampften durch den Schutt und schoben sie auf dem Rücken hinaus. Tom blieb bloß zuzusehen, wie ihre Füße über die Plastiktüten galoppierten, in denen sie eingewickelt war. Liz wurde panisch, ihr Geschrei noch lauter. Ihre Schultern zerteilten einen gewaltigen Berg Dreck, der sich sogleich wieder in allen Ecken und Winkeln der Garage verteilte. Tom starrte auf einen Punkt am Boden.

»Versteck deine Kumpels, sonst werden wir hier nie fertig!«, flüsterte er der Nacktschnecke zu.

Schreie sausten um die Garage. Wurden lauter, wieder leiser und schließlich brach Liz´Geschrei völlig ab. Tom schüttelte sich den Staub vom Shirt und rieb sich erschöpft den Nacken. Sein Blick fiel auf die fauligen braunen Bretter unter der Decke. Wie hatte er die nur vergessen können? Mit einem Sprung griff er sich die Planke, die neben der Glühbirne in den Raum hing und drehte daran.

Ohne großen Widerstand löste sich die Deckenverkleidung aus ihrer Verankerung.

»Hey Liz! Sehen wir mal nach, in welchem Zustand die Kabel sind. Okay? Oh-«, wollte er gerade das Brett hinter sich werfen und erschrak, als Liz zupackte. Er hatte nicht damit gerechnet, dass seine Freundin so dicht hinter ihm stand.

»Moment!«, ließ sie das modrige Stück fallen und verschwand rückwärts mit beiden erhobenen Zeigefingern. Tom sah ihr verdutzt nach.

Alle Anstrengung war augenblicklich wie weggeblasen. Liz hatte sich die volle Regenmontur übergestülpt, die sie in ihrem Wagen lagerte. Sogar einen Schirm hatte sie aufgespannt, unter dem sie mit einer Taucherbrille auf der Nase hervorstarrte.

»Leg los!«, ging ihr Kommando in Toms schnaufendem Gelächter unter.

»Ich verspreche, ich werde vorsichtig sein.«

»Maulhalten und anfangen! Bringen wir es hinter uns«, klang sie verschnupft.

»Du weißt, dass das Unglück bringt?«, schob er sie samt Schirm behutsam aus seinem Wirkungskreis, bevor er sich das nächste Brett suchte, an dem er ziehen konnte. Tom vermied es, seine Freundin anzusehen, er spürte ihren ungeduldigen Blick auf sich. Dann stellten sich ihm jedes Mal die Nackenhaare auf. Stattdessen nahm er Anlauf, packte die Planke neben der eben entstandenen Lücke und sackte abrupt wieder zu Boden. Die Hände voller modriger Späne, zog er die Schultern hoch. Da krachte es schon und die gesamte Aufhängung der Deckenpaneele riss aus dem Beton. Ein Schauer aus hölzernen Flocken, Rostbrocken und Dreck ergoss sich über Liz, zerfetzte ihren Schirm und ließ sie den Kragen ihres Regenponchos fester zusammenziehen. Schützend rannte Tom zu ihr und erstarrte. Liz eisiger Blick verhieß nichts Gutes und wurde umrankt von

16

einem Schwall Ohrenkneifer, der über ihre Taucherbrille huschte.

»Ab jetzt reden wir überhaupt nicht mehr!«, drohte sie ihm. Tom biss sich auf die Lippe, damit aus seinem Glucksen kein schallendes Gelächter wurde.

Schnell drehte er sich weg, um den Besen zu greifen. Liz reichte er eine Schneeschaufel, mit der sie den Dreck zusammenschob. Sich noch immer im Sekundentakt schüttelnd, kam sie auf ihn zu. Da wich Tom einen Schritt zurück. Ohne ein Wort nahm der Rotschopf Liz in die Arme und hob sie hoch. Seine Freundin brauchte einen Augenblick, um zu merken, warum. Aus dem knöchelhohen Staub zeichneten sich die schwarzen Umrisse toter Ratten ab. Den Stiel in der Hand starrte sie ihren Freund an.

»Also das macht mir nun gar nichts aus.«

Tom sah sich um, wo er sie absetzen konnte.

»Warte! Warte!«, hatte sich Liz´ Schaufel im Stromkabel unter der Decke verfangen. Mit Liz in den Armen eierte Tom umher, um den Stab zu entwirren. Er hielt inne. Seine Freundin versteinerte in seinem Griff. Dann ein zittern, ein Zucken. Ihr Knie traf ihn im Schritt. Tom sackte zusammen, aber Liz war die, die schrie.

»Die kenne ich! Und sie kennt mich auch noch!«, rauschte Liz brüllend davon.

Tom rappelte sich aus dem Dreck auf und griff nach ihrer Schaufel. Er hielt inne und krümmte sich über dem Stiel. Mit großen Augen betrachtete er die dicke schwarze Spinne, die darauf saß und das Holz fast völlig mit ihren Beinen umschloss. Tom schnappte nach Luft.

17

Erschöpft setzte er sich in den Dreck und winkte Liz zu.

»Hey Liz, das musst du dir ansehen! Ich glaube, das Vieh zeigt dir den Stinkefinger. Nein! Halt! Sechs auf einmal. Ja, ich glaube, sie erinnert sich an dich!«

Draußen verschwand das Gekreische in der Dämmerung und Tom war froh, über die kleine Pause zwischen toten Tieren und seinen ersten einsetzenden Zweifeln über das, was er sich da aufgehalst hatte.

Die zertrümmerten Reste der Regale und der Deckenverkleidung auf der einen Seite und dutzende Müllbeutel auf der Anderen füllten zum Abend hin die Garage bis knapp unter die schief oben aufliegende Glühbirne. Tom betrachtete noch einmal den Strommast, der nur wenige Meter entfernt stand und nickte Liz zu.

»Wollen wir es wagen?«, zog er an der Schnur. Ein Zischen erklang im Inneren der Garage, gefolgt von einem Plong. Die gesamte Leuchte geriet in Schwingung und klatschte mit einem Knall und einer winzigen Rauchwolke auf den Schuttberg darunter.

»Schade! Wäre der Laden abgefackelt, hätte uns das das Leben deutlich erleichtert,« lugte Liz um die Tür. Sie bemühte sich gar nicht erst, die Garage zu verschließen.

»Sollten wir nicht wenigstens die Baustelle sichern?«

Liz verharrte vor ihrem Freund. Sie schaute auf die fauligen Klumpen in dem zerfallenen Quader.

»Wer immer sich daran bedient, hat seine Strafe schon erhalten. Das bringt mich dazu, dass sich unsere Wege hier trennen, mein Lieber«, schmiss sie ihre Handschuhe angewi-

18

dert in den Kofferraum und ließ dem verdatterten Tom Zeit, es ihr gleich zu tun.

»Transportierst du den Dreck in meinem Auto, musst du dich zwischen mir und dem Müll auf dem Beifahrersitz entscheiden! Nur der Effizienz halber versteht sich«, zuckte Liz mit den Schultern, zückte ihr Smartphone und vertiefte sich in den neusten Tratsch auf Facebook. Tom erinnerte sich, dass ihre Freunde den Bau ihres Traumhauses beendeten, und feierten dies mit Luxuszugaben an sich selbst, die allesamt hübscher anzusehen waren, als ihrer beider aktuelles Projekt.

An den kommenden zwei Abenden erleichterte Tom das Urlaubsbudget nochmals um die Spritkosten und Entsorgungsgebühren. Er war sauer, dass ihn Lisa den Müll tatsächlich allein zur Deponie transportieren ließ. Angeblich ertrug sie nicht den Anblick ihres schwindenden Notgroschens und auch Tom empfand ein eigenartiges Gefühl bei der Sache. Etwas, das neben seinen heimlichen Zweifeln an diesem Projekt Raum forderte. Eine Unbehaglichkeit, die ihm Gänsehaut bescherte.

Nicht nur, dass Liz´ Laune sich mit jedem Tag den sich ihr Urlaubsfenster näherte, übler wurde, sie vermied sogar zum ersten Mal etwas über ihr Finanzierungsprojekt zu posten, für das er schuftete. Allerdings ließ der Gedanke an eine höhere und zeitigere Bezahlung, mit der sie dafür womöglich doch beide Urlaubswochen voll auskosten könnten, Tom über Liz´ mieses Mojo hinwegsehen.

Ständig starrte sie mit schmachtendem Blick auf die Fotos ihrer Freunde, die so eben den ersten Spatenstich für ihren Pool und das dazugehörige Volleyballfeld zeigten. Die beiden Junganwälte hatten im Leben bisher alles richtig gemacht. Andi und Gwendolin waren keine Angeber oder Poser, sie folgten nur

19

immer klaren Zielen. Und sie stellten ihre ältesten Freunde dar, die auf ihren Bildern vor Stolz bis über beide Ohren grinsten. Dennoch verletzte die unbändige Freude des Einen das angeknackste Ego des Anderen.

Erst redete er sich ein, dass sie nach so langer Abstinenz den Anblick komplett unverhüllter, freudestrahlender Gesichter einfach nicht mehr fehlerfrei verarbeiteten. Zu letzt erklärte Lisa Tom aber, dass sie fürchte, ihre Freunde spendierten ihnen aus Mitleid Seuchenschutzanzüge, wenn sie die Garage sehen. Das war zwar Quatsch, aber Tom gestand sich ein, dass auch er sich ein wenig schämte und es nicht seine beste Idee gewesen war. Zumindest wenn ihm die langen Abende und viel zu kurzen Nächte in den Knochen steckten.

Dazu kam, wann immer er die einsame Straße entlang des Wohnorts seiner Großtante benutzte, glaubte er, etwas mit sich zu ziehen. Mehrfach hielt er an, um das Auto zu überprüfen. Er konnte sich keinen Defekt daran leisten. Im Dunkel war nichts zu erkennen, aber da war etwas. Tom sah sich um. Dunkles Land umgab ihn, wohin er auch blickte. Ein Rascheln! Da! Direkt neben der Landstraße. Bloß den kleinen Hügel hinauf. Da war etwas. Eine Bewegung? Ein Schnaufen? Tom rieb sich die Augen. Er war erschöpft und übermüdet. Er umrundete das Auto, um einzusteigen. Da war es wieder! Ein Rascheln. Diesmal hatte er es sich nicht eingebildet. Tom kauerte sich hinter sein Fahrzeug und lugte durch die Heckscheiben. Eine sanfte Brise umspielte sein Haar. Nur kurz schloss er seine brennenden Augen. Da schlug plötzlich etwas unter dem Wagen hervor. Tom fiel nach hinten und wich der Plastiktüte aus, die sich am Unterboden verheddert hatte. Harsch riss er den schwarzen Beutel ab und schleuderte ihn ins Auto, bevor er sich in den Sitz plumpsen ließ.

Wie sehr er sich seinen Urlaub herbeisehnte! Und Menschen. Es werde ein belebter Urlaubsort sein. Er freute sich auf Begegnungen und darauf, mit freundlichen Leuten ins Gespräch zu kommen, mit denen man sonst vielleicht nie auf einen Schwatz stehenbliebe. Selbst wenn sie nur Personal wären und dafür bezahlt wurden. Alles war angenehmer als dieses leere Fleckchen, in dessen Nachtschwärze er sich so unbedeutend vorkam, wie in den vergangenen Monaten jeder Mensch. Darum brauchte er diesen Urlaub so dringend. Im Urlaub wurde aus jedem Knecht ein Herr, aus jedem gepiesacktem Arbeitnehmer ein verwöhnter Arbeitgeber und aus jedem Machtlosen ein potentieller Trinkgeldgeber.

Aber jetzt war er nicht mehr als zwei winzige Scheinwerferpunkte, die sich kurz vor seinem Wagen verloren und niemand da, um zu bemerken, was er hier leistete. Kaum das die Tür ins Schloss fiel und der Motor losratterte, setzte das rhythmische Keuchen wieder ein. Das Rasseln einer großen Kehle folgte Tom, bis der kräftig Gas gab.

Tags darauf tauchte ein wolkenloser Sonnenuntergang die Grashügel in sanftes Licht. Ein jeder schimmerte in einer anderen Edelsteinfarbe. Kleckse in Türkis, Amethyst und tiefen Rubinrot ließen die Umgebung wie ein impressionistisches Kunstwerk anmuten und versüßten Tom den letzten Abend an der abstrakten Kunst, als die sich die Garage trotzig von der Aussicht absetzte.

Tom arrangierte den allerletzten Sack Abfall auf dem Beifahrersitz. Die frische Luft ließ ihn frösteln, doch er brauchte die Kälte, um wach zu bleiben. Der Wind drehte und Tom stieg ein eigenartiger Geruch in die Nase. Er sah sich um. Die Graslandschaft lag leer und sanft wogend vor ihm.

21

Er schüttelte den Kopf über die Garage.

»Respekt! Du hast es immer noch drauf.« Erneut wehte ein Mief zu ihm, der ihn an Liz´gewaschenen Wollpulli erinnerte. Er sah sich um. Ein Huschen. Oder nicht? Tom war sich nicht sicher.

Erschöpft drückte er die Tür zu und lehnte sich an den Wagen.

»Freitag. Der Auftrag ist fertig«, rieb er sich das Gesicht. »Und ich bin es auch.« Mit einer abfälligen Geste ließ er die Garage stehen, überlegte es sich dann aber doch anders und hob die morschen Holzbretter an. Ein Rascheln. Nur zu laut für das Türblatt, dass er in ein dickes Grasbüschel drückte. Etwas streifte durchs Gras, kam auf ihn zu. Tom lugte um die Ecke, seine Stirn stieß gegen einen Filzhut. Erschrocken sprang er zurück, doch die Gestalt packte seinen Arm. Das Gesicht des Mannes war so knorrig wie der Stock, den er in der anderen Hand hielt.

»Nicht weglaufen, junger Mann!«

»Was erschrecken Sie mich so?«, suchte Tom sein Gleichgewicht.

»Das wollte ich nicht. Ich dachte, Sie hatten uns bemerkt.« Tom holte Luft. Sofort stieg ihm der Geruch von nasser Wolle in die Nase und er musterte sein Gegenüber. Der Mantel des Kerls zuckte und eine kleine dicke Gestalt trat näher.

»Hallo«, begrüßte Tom das Schaf.

»Ich bin Wilhelm.« Der Mann schüttelte Tom den Arm, den er noch immer gepackt hielt.

»Tom Grässner.«

»Sie haben das Land der Merkers gekauft?« Der Blick des Mannes war so fest wie sein Griff. »Ich habe ein paar wunderbare Rasenmäher für Sie, die Ihnen die ganze Wiese stutzen. Ihr jungen Leute bevorzugt es doch wieder ökologisch.«

22

»Nein, nein. Ich säubere es nur, damit ein Interessent nicht gleich das Flitzen kriegt, wenn er das hier sieht.« Der Mann ließ los. Für einen Moment schien er zu überlegen. Tom rieb sich seinen Arm.

»Wenn das so ist. Ich habe Interesse!«

»Sie wollen das Land kaufen?«, stutzte Tom.

»Ja«, sah er sich erneut um und nahm Tom bei den Schultern. »Ich sage Ihnen was. Ich bringe meine Herde heut Abend her, als Beweis, dass es mir ernst ist, und Sie reden mit den Besitzern. Dann treffen wir uns hier und klären alles Nötige.«

In Toms Kopf rotierte es. Die Begeisterung, seiner Großtante so zeitig einen potentiellen Käufer vorzustellen, kämpfte mit der Skepsis. Konnte dieser Typ sich das überhaupt leisten? Tom wusste selbst nicht, was Mathilde für die Fläche verlangte.

»Und Sie wohnen hier im Dorf?«

»Hm.« Wilhelm tätschelte die Garage und den Kopf des Schafes. Tom wich instinktiv vor dem verwitterten Bauwerk zurück. Nicht, dass es zusammenkrachte.

»Damit lässt sich was anfangen.«

»Was halten Sie von morgen Nachmittag? Siebzehn Uhr?« Wieder stierte der Mann vor sich hin. Mit schiefgelegtem Kopf beäugte er Tom vom Schopf bis zu den Zehen. Dann verzogen sich die Falten in seinem Gesicht zu einem müden Lächeln.

»Das krieg ich hin.«

Das Schnaufen hatte das Dorf umrundet und hielt auf den großen Klecks zu, der sich durch das hohe Gras mühte. Es verharrte unter einer der wenigen Straßenlaternen, die des Nachts abgeschaltet waren und lauschte. Lauschte dem eigenen Atem. Wie schwer ihm doch das Luftholen fiel. Mit jeder einset-

23

zenden Dunkelheit, die es vorantrieb, wurde es schmerzhafter. Und der innere Drang stärker. Die dunkle Gestalt mit dem Röcheln und Schnaufen zog es nach vorn zu dem Mann, der mit Stab und einer Laterne die Nacht vor sich hertrieb. Doch der Mond versteckte sich hinter dicken Wolken und die Schwärze reichte bis an die breiten Klauen heran, mit denen es im Dreck scharrte.

Es drückte sich ab und der Schlamm schmatzte. Laut. Zu laut. Es stieß vorwärts und stob davon, als sich die stampfende Herde Schafe mit Glöckchengebimmel und Blöken über die Wiese drängte und den Mann umschloss.

Die Chance auf einen baldigen Verkauf hatte auch Liz´ Taten-drang neuen Schwung verliehen. Mit den freundlichsten Worten hatte sie sich und Tom Samstag Morgen beim Leiter seines Ausbildungsbetriebes eingeladen, um dem Landschafts-bauer ein paar alte Bretter und eine Teichplane abzuschwatzen, die er sowieso entsorgen wollte. Ihre vermeintliche Hilfsbereit-schaft folgte Toms Idee der letzten Nacht, wie sie sich bei Wil-helm einschmeicheln konnten.

Liz meckerte nicht einmal über den vollgestopften Rücksitz, auf den er sie verbannt hatte, um mit Großtante Mathilde vorn in Ruhe die Details durchzugehen. Liz nahm auch keine Notiz von den Schafen, die sie beim Entladen des Wagens bedrängten und stupsten. Tom kannte den Glanz in ihren Augen. Wenn sie so schimmerten, war Liz ganz woanders. Vermutlich durch-schritten ihre Gedanken gerade den aktuellen Reisekatalog. Stoisch setzte sie G.T. Matti einen kleinen Tisch und zwei Stühle ins Gras.

24

»Danke Liebes. Aber ich kann euch doch zur Hand gehen«, stellte sich Mathilde neben dem Kofferraum auf. Tom mühte sich mit der Teichfolie ab. Sein Gesicht war bereits so rot wie sein Haar.

»Großtantchen du glaubst doch nicht im Ernst, dass ich dich hier auch nur einen Finger rühren lasse!«

»Lass ihn nur machen. Er weiß genau, wie er sich einen Leistenbruch zuzieht.«

»Ja, mit einer verwöhnten Freundin geht das leicht«, presste er durch die Zähne. Die geknüllte Folie steckte fest.

»Sowas hab ich mir schon gedacht«, schaute die kleine alte Dame zwischen dem Paar hin und her und dann auf ihre Uhr.

»PORNOELFE!«, tönte es von oberhalb des Schafzaunes herüber. Liz und Tom erstarrten.

»Wie bitte?«

»Meine Pornoelfe.« Ein schlaksiger Kerl riss die mit Eimern beladenen Arme empor. »Ha? Pünktlich auf die Minute!«

Noch ehe Mathilde den Gruß erwiderte, geriet der junge Mann in Zuckungen, er rutschte von einem üppigen Grasbüschel ab, seine Füße stolperten übereinander und fällten ihn wie einen Baum. Ein Scheppern, ein Platschen und einen geplatzten Farbeimer später sprang er sofort zurück auf die Beine.

»Das war schon so!«, stakste er aus der Farbpfütze auf sie zu. Das Heavy Metal Shirt weiß getüncht und einen negativen Corona-Test an einer Kette um den Hals baumelnd, setzte er zu einer Umarmung an.

»Hi Marvin«, blockte Liz ab, der gleich zu Mathilde umschwenkte und ihr einen Kuss auf die Wange gab.

»Hey Marv, was treibst du hier?« Tom konnte sich der Umarmung nicht entziehen.

25

Marvins Sauerei durchtränkte sein Shirt und der blieb an ihm kleben.

»G.T. Matti, meine Pornoelfe«, flötete er der Rentnerin zu, »hat mir gesagt, dass ihr Hilfe braucht und da bin ich! Macht mit mir, was ihr wollt.«

»Zu verlockend.« Liz verdrehte die Augen und brachte das Werkzeug in die Garage.

»Na, dann pack mal mit an!«, klatschte Tom die Hand gegen Marvins durch Abwesenheit glänzende Bauchmuskeln und deutete auf den Kofferraum.

Die T-Shirts zum Trocknen über eins der Garagentürblätter aufgehängt, zerrten sie die Teichplane aus dem Auto. Der klapprige große Metalfan sah aus, als bräche er jeden Augenblick in der Mitte durch. Marv war Musiker und keine schwere Arbeit gewöhnt, dennoch war er da, wann immer man etwas mehr Chaos ertrug. Großtante Mathilde klopfte den Jungs auf die Schultern und nahm sich ein paar Arbeitshandschuhe und Mülltüten.

»Meine starken Männer. Gut gemacht. Ich beseitige so lange den Farbfleck. Nicht das die Tiere ihn fressen.«

»Ich weiß gar nicht, wer sowas anstellt«, war es wieder einer der wenigen Momente, in denen Marv todernst klang. Tom kannte ihn lang genug, um zu wissen, dass Marvin sich nie einer Schuld bewusst war.

»Sag mal, wie nennst du eigentlich meine Großtante?«, stieß er ihn fast um. Nun grinste Marvin.

»Pornoelfe? Das ist ihr Name! Im Spiel! Ich hab sie kurz nach dem Tod ihres Mannes angerufen, um zu fragen, wie´s ihr geht. Sie war wütend und ihr war ein bisschen langweilig. Da hab ich sie eingeladen, mit mir ein wenig durch die Welt der Internet-Rollenspiele zu streifen. Am Anfang fand sie es grotesk, aber dann ist sie aufgetaut.« Tom und er zerrten den Klumpen Teichfolie zur Garage.

»Meine Großtante von 84 Jahren zockt mit dir online? Ja, klar!« Tom stemmte sich schräg in den Rasen und zog aus Leibeskräften. Auch Marv mühte sich ab. Mit jedem Ruck kamen sie ihrem Ziel näher.

»Ja, wirklich. Alter, sie geht da voll ab! Und wenn ich´s nicht besser wüsste, dann würde ich sagen, sie hat was mit einem der Zentauren am Laufen.« Toms Hände rutschten ab und er landete auf dem Arsch.

»Alter, wenn du ihr so einen saumäßigen Nickname verpasst, ist es kein Wunder, dass sie belästigt wird.«

»Sie wollte einen lustigen Namen.«

»Und da fiel dir nichts Besseres ein?«

»Du kennst mich«, verzog Marvin das Gesicht. Seine Finger schmerzten, doch er zerrte beharrlich weiter. »Zur Auswahl standen noch ›Bimmel der Waldbums‹, › Ratternde Runkelrübe‹ und ›Long Honk Dildo‹, aber da sie sich letztlich für einen weiblichen Avatar entschied, fiel mir dazu nicht viel ein.« Marv zuckte mit den Schultern und ein Lächeln huschte über sein Gesicht, als ihm der Schatten der Garage Abkühlung schenkte. »›Klamydia‹ kam noch in Frage, aber der gefiel ihr nicht so.«

»Alter! Furchtbar! Ganz übel! Das ist so schlimm, dass du ab jetzt nicht mehr unbeaufsichtigt mit ihr sprechen darfst!«

»Schlimm ist, dass ihr euch ›Alter‹ nennt!«, grummelte Liz vor sich hin. Sie drückte den Jungs Bretter und Werkzeug in die Hände und nahm selbst Hammer und Meißel, um den Abfluss in eine der hinteren Ecken zu schlagen. »Ihr seid Mitte Zwanzig und nennt euch alt. Wenn ihr weiter nur quatscht, anstatt fertig zu werden, sind wir wirklich alt und Mathilde tot. Sie hat Spaß! Toll! Werdet fertig, dann können wir alle welchen haben!«

27

Liz´ Hämmern verstummte. Genervt stiefelte sie raus, um Ihr Loch im Tageslicht zu begutachten. Marv schaute ihr nach.

»Alt-«, zuckte der Schlaks zusammen. Liz erhobener Zeigefinger schoss um das Türblatt und gebot ihm Einhalt.

Ein paar Stunden später waren Decke und Wände gesäubert und eine Wassertränke mit Badewannenstöpsel krönte den Heckbereich der ehemaligen Garage. Mathilde hatte sämtliche Grasbüschel entfernt und die Erde umgegraben, die von Marvins Ungeschicklichkeit zeugten. Nun ruhte sie sich auf einem der Stühle aus und goss den Kindern ein.

»Kommt. Ihr müsst etwas trinken. Die Wassereimer schleppen wir später. Die Schafe haben dort hinten ihre alte Tränke. Denen gehts gut.« Die Sonne brannte. Die Shirts der Jungs waren mittlerweile getrocknet und standen von allein. Mathilde hielt Marvin fest. »Trink erstmal was, du Zentauren-Schelm.«

Tom erstarrte.

»Du Sack!«, zeigte er Marvin die erhobene Faust, was sein Kumpel wie immer mit einem unschuldigen Lächeln und Achselzucken quittierte.

Der Nachmittag kam und die drei Jungspunde schleppten unablässig Wassereimer. Großtante Mathilda hatten sie in seltener Einigkeit dazu verdonnert, ihnen den Füllstand der Tränke anzugeben, damit sie im Schatten der Garage blieb.

»Sie bewacht den Stöpsel?«, eilte Liz mit ihrer Last an Tom vorüber.

»So wie vor fünf Minuten«, nahm Tom von seinem Kumpel die nächste Ladung entgegen. Toms Oberkörper war von der Sonne gebräunt und von Kratzern übersät. Er wartete darauf, dass ihn ein Bratwürstchen-Witz empfing, aber selbst Marvin war das Scherzen vergangen. Er hing mit seinem frisch beto-

28

nierten Shirt in den Sträuchern, die den Bachlauf säumten und befüllte die Eimer. Wann immer Liz und Tom sich entfernten, sah er sich um. Dornen schabten über seine Panzerung. Und jedes Mal erklang ein Kratzen mehr, als es sein sollte. Zudem zuckte und meckerte das Nachbargebüsch. Marv reckte den Hals. Der Sonnenschein stach ihn in die Augen, verbrannte sein Hirn. Blätter wackelten, die Steine unter seinen Füßen rutschten weg und er saß im Bach.

»Mir reichts.«

»Es ist fünf«, schirmte sich Liz die Augen ab und hob ihre Armbanduhr hoch. Die Schafe stoben auseinander. Marvin watschelte klatschnass über die Wiese auf sie zu.
Eine Stunde verging, in der die kleine Gruppe Ausschau hielt und Schäfchen zählte. Als die Zweite anbrach verzogen sich die Frauen in den Schatten der Garage und eine weitere Stunde später hatten sich auch die beiden Jungs zu ihnen auf den Boden gesellt und ließen die Köpfe hängen.
Kaum das Liz ihre Uhr zu sich drehte, raffte sich Tom auf, um einen Blick hinter die Garage zu werfen.

»Da kommt er!«, riss sein Schrei Großtante Mathilde aus ihrem Nickerchen. »Er bleibt stehen? Kommen Sie rein!«

»Matti, er ist da!«, rüttelte Marvin an der alten Dame.

Tom eilte zu der niedrigen Einzäunung, die sie umgab. Der Mann hatte dieselbe Größe, trug heute aber bessere Kleidung und sein Gesicht war weit weniger verwittert.

»Oh. Ich dachte, sie wären Wilhelm.« Tom sah sich um, ob hinter dem Endfünfziger vielleicht noch ein älterer Herr auftauchte.

»Der ist weg.«

29

»Wie weg? Kann er heute doch nicht herkommen? Wir hatten einen Termin.« Erst jetzt fiel Tom die Flinte auf, die der Besucher über der Schulter trug. Sie passte nicht zu dem lässigen Freizeitlook. Der Mann erinnerte Tom an den Wildhüter aus »Jurassic Park«, der nur vergessen hatte, sich zur Kostümprobe umzuziehen. Hinter ihm wurden Stimmen lauter, doch Tom hörte nur die Worte des Flintenträgers.

»Wilhelm ist weg, Junge. Ist stiften gegangen. Und kommt so schnell nicht wieder. Was immer ihr miteinander ausgemacht habt, du kannst sicher sein, dass er euch verarscht hat.«

Toms Familie verstummte.

»Aber seine Tiere«, drehte sich Toms rote Haartolle in alle Richtungen. »Was ist mit denen?«

»Die wollte er schon längst loswerden. Scheint so, als hat der alte Halunke sie Ihnen aufgehalst«, streifte sein Blick die Runde.

»Ach so, ja. Tom Grässner, das ist meine Großtante Mathilde Merker, ihr gehört das Land.«

»Matuschek, ich bin hier Förster. Ich kannte ihren Mann, Frau Merker. Tut mir leid. Schade, dass er sie nicht vor unserem Wilhelm und dessen Projekten gewarnt hat. Die hält er nämlich nie lange durch. Wir haben uns schon alle gefragt, wann er sich seines neusten Hobbys entledigt und wieder einmal abhaut.« Der Förster deutete zum Dorf.

»Wann kommt er denn zurück?« Mathildes Stimme zitterte. Es war, als kannte sie die Antwort bereits.

Matuschek sog scharf die Luft ein und verzog das Gesicht.

»Schwer zu sagen. Das kann dauern. Wenn Sie sie nicht in die Schlachtung geben, werden Schafe relativ alt. Ich fürchte SO LANGE.«

»Das ist nicht ihr Ernst! Sie verarschen uns doch«, platzte es aus Marvin heraus. »Ich mach mir selbst ein Bild von der Situation.« Mit einem großen Schritt setzte er über den Elektrozaun und stakste zum Dorf, um nachzuforschen, wo der Schäfer abgeblieben war.

»Diese verdammten Drecksviecher!«, kreischte Liz und jagte den Schafen in einem Tobsuchtsanfall nach.

»Marv, hey! Warte! Lisa, das hilft nicht. Jetzt bleibt doch alle mal stehen!«, rotierte Tom. Der Einzige, der auf ihn hörte, war Matuschek, der zusah, wie die alte Dame die Herde zu beruhigen versuchte, während der Rotschopf seiner Freundin hinter der Garage in den Weg sprang. Ein dumpfer Schlag, Schaben und einen Schrei später, eilte er über den Zaun, dem Jungen zu Hilfe.

Tom war vom Erdboden verschluckt worden. Eine von Erde und Gras bedeckte Metallplatte ragte zur Hälfte aus einem Loch, aus dem eine gedämpfte Stimme drang.

»Gaaaanz toll! Was zur Hölle das auch immer ist«, deuteten zwei schmutzige Hände empor.

»Eine Klärgrube.«

»Scheiße! Kann heute noch irgendwas schiefgehen?«

Die Erde auf der Platte geriet ins Rutschen und fiel zu Tom ins Loch. Für einen Moment herrschte Schweigen. Liz hockte sich hin und positionierte ihr Smartphone über der Öffnung. Sie zoomte ran, dann prustete und spuckte es kräftig unter ihr.

»Hättest du bloß nichts gesagt.« Als Antwort hörte sie, wie viele kleine Steine ins Rutschen gerieten.

»Wäre mal jemand so nett?«

Matuschek langte in die Grube hinab und beförderte den dünnen Kerl wieder zu Tage. Mathilde herzte ihren Jungen und

31

versicherte ihm, dass dieses Abwassersystem nie in Betrieb war.

»Dein Großonkel und ich wollten ursprünglich unser Haus hier bauen. Er hat diesen Ort so sehr geliebt«, überflog ihr Blick die Wiesen. »Die Garage war als Baustoffdepot gedacht. Als ein Anfang, wenn du so willst. Doch schon bei der ersten Probebohrung für die Sickergrube stellten wir fest, dass unter diesen Wiesen ein riesiges Kiesvorkommen existiert. Ein unterkellertes Haus kam nicht mehr in Frage und dein Onkel beschloss, es geheim zu halten.«

»Mit Kies kannst du richtig Schotter machen.« Liz strahlte, als wären sie soeben auf Gold gestoßen.

»Und was bedeutet das für das Örtchen? Bagger und Muldenkipper direkt vor der Kita, die Luft stinkt, Lärm und im schlimmsten Fall soll die Gemeinde weichen. Das ist es nicht wert.«

»Na, so toll ist es hier auch nicht«, verdrehte Lisa die Augen und erstarrte, als sie Matuscheks verkniffenem Gesichtsausdruck begegnete. Mathilde sah sich ein letztes Mal um.

»Doch. Das hier kann etwas ganz Besonderes sein, wenn man nur genau hinsieht. Deswegen ist es mir wichtig, jemanden zu finden, der es zu schätzen weiß.«

»Ich war mir so sicher, dass ich das hätte. Es tut mir so leid.« Tom führte Mathilde zurück in den Schatten, die in Gedanken bei den 35 Tieren war, die sie soeben adoptiert hatte.

»Schade, dass dein Großonkel nicht mehr unter uns weilt. Er hätte gewusst, wie es jetzt weitergeht«, drückte sie Toms Hand.

»Das finden wir auch heraus«, folgte sein Blick Liz, die entrüstet telefonierte.

32

»Ja, wenn du das für uns in die Wege leiten könntest, sind wir dir echt was schuldig.« Sie schaute zu Mathilde, dann zu Tom und sogar zu Matuschek, der noch finsterer dreinblickte. Sie drehte ihnen den Rücken zu. Nach einer kurzen Pause ergänzte sie: »Das geht klar, bringt es einfach her. Kommt ja nicht mehr darauf an.«

»Deckt das Loch wieder ab«, rief er Tom hinterher. Der Förster drückte Mathildes Hand zum Abschied. »Ich sehe nach dem anderen Tollpatsch.«

»Was hast du?«

Matuschek blieb hinter der Garage stehen und lauschte. Dieser Grässner war auf 180. Die Kratzbürste aber auch.

»Was ist schon dabei?«, blaffte sie den Rotschopf an, der sie zwang, leiser zu sprechen.

»Weil wir gerade erst alles entsorgt haben und du bietest allen Ernstes unseren Freunden an, ihren Müll hier abzuladen. Bist du verrückt?«

»Ich? Mach die Augen auf! Matti sitzt auf einer Goldgrube und sie will nicht verkaufen. Sie wird das hier nie verkaufen. Auf den richtigen Käufer warten ... Pah! Das ich nicht lache. Merk dir meine Worte: Es war alles umsonst!«

Marvin ging im Ort von Haus zu Haus, um sich nach dem Schäfer zu erkundigen. Der Schlamm an ihm stank und sein Shirt hatte mittlerweile die Form einer verprügelten Schnabeltasse angenommen. Nur wenige öffneten ihm. Ein Mann, kaum älter als Marvin selbst, musste sich das Lachen verkneifen. Er hörte kurz zu, dann rief er hinter sich, dass Wilhelm offenbar den passenden Deppen gefunden hatte, und forderte die Wettschuld des Vaters ein, während er dem Besucher die Tür vor der Nase zuschlug.

33

Der Schlaks suchte seine Freunde und gab Mathilde den nötigen Halt, um den langen Tag durchzustehen. Telefone klingelten, bei der Polizei wurde Anzeige erstattet, Neugierige kamen zur Wiese geeilt, gafften, lauschten und verschwanden wieder und von Marvins Shirt platzte die Farbe ab. Er zeterte über die mangelnde Hilfsbereitschaft der Schaulustigen und gestikulierte, als würde er gleich wegfliegen. Immerhin erfuhren sie, dass gegen Wilhelm der Verdacht des Tierschmuggels vorlag, mit weiteren Details hielten sich die Beamten aber bedeckt. Zuletzt tauchte wie ein Silberstreif am Horizont ein großer Tross Fahrzeuge auf, deren Hänger Tierschutzsymbole trugen und die Schafe aufnahmen.

Es dämmerte, als der Trubel endete. Nur ein lautes Stöhnen stromerte um die Sträucher am Bachlauf. Die Flaschenaufzucht war erschöpft. Wilhelm hatte das Schaf im tiefsten Dickicht angebunden, damit es ihm nicht folgte.

Dort, am äußersten Rand von Mathildes Land hatte kein Helfer seine verzweifelten Schreie gehört oder das Rütteln der Sträucher bemerkt, die sich mit ihren spitzen Enden durch seine Wolle bohrten. Niemand hatte es gesucht. Aber die große schnaubende Gestalt hatte es gefunden. Sie folgte dem Rascheln.

Panisch stemmte sich das Schäfchen auf die Beine zurück. Hechelnd zappelte und zuckte es, doch keine seiner Anstrengungen genügte, um die dichte Wolle aus den Sträuchern zu befreien oder seinen Kopf aus der Schlinge zu ziehen. Die große Gestalt kam näher, ging in die Hocke und schrie.

»Verdammte Scheiße! Wir haben eins vergessen. Dieser miese Arsch hat doch tatsächlich eines hier angebunden!«, sprang Liz auf und zog sich die Hose wieder hoch.

Die Jungs kamen gerannt und Tom erkannte das vor Erschöpfung zusammengesunkene Tier sofort. Der Geruch von nasser Wolle brachte ihn auf eine Idee. Er packte Marv und suchte mit ihm die Stelle am Bach, durch die sie sich heute schon so oft gezwängt hatten, dann staksten sie durch das Wasser bis zu dem Schaf.

»Hast du es?«

»So gut wie. Gleich. Moment. Jetzt!«

Liz konnte durch die Sträucher nur erahnen, was die beiden Jungs dort trieben. Sie erkannte Marvins schmale lange Arme, die nach einem roten Strick fischten.

»Autsch. Verdammter Mist. Das sticht vielleicht.«

»Ja, pass auf, hier sind überall Dornen.«

Toms beruhigendem Tonfall folgten Flüche und ein Zappeln. Die Jungs bogen die Sträucher auseinander, zupften, drückten und kraxelten in das Dickicht, um das Tier zu befreien, dass mittlerweile völlig entkräftet gar keinen Mucks mehr von sich gab.

»Lebt es noch?«, lugte Liz ins Gehölz.

»Auf drei!«, startete Tom den Countdown und Marvin gehorchte. »DREI!« Unter Reißen und Knacken zuckte das Gestrüpp vor Liz zurück und gab das Schaf mit einem Platschen auf der anderen Seite frei.

»Ach, du meine Güte.« Mathilde empfing die drei klatschnassen Gestalten auf der Wiese. Die Jungs trugen das doch nicht so kleine Schaf in die Garage, legten es in den Schatten und befreiten es von den restlichen Dornen. Regungslos ließ das Tier alles über sich ergehen. Die Frauen holten ein paar Grasbüschel und häuften sie vor der Tränke auf. Marv war der Erste, der wieder zu Atem kam.

»Was für ein Drecksack. Da sind wir definitiv tierlieber«, nickte er zum Wasserbecken. »Wir müssen die Tante vom Tierschutz nochmal herholen.«

35

»Es reicht.« Liz zog Tom am Arm. Die Erschöpfung stand allen ins Gesicht geschrieben. »Ich bringe Mathilde heim und wir treffen uns dann zu Hause.«

»Rufst du vorher nochmal bei Gwens Freundin an?«

»Morgen vielleicht«, flüsterte Liz und erstickte Toms Protest im Keim: »Wenn es die Nacht übersteht, mach ich das.«

»Und wenn nicht?«, Tom sah sie skeptisch an. Liz Kopfnicken deutete in Richtung der Sickergrube.

»Problem gelöst.«

»Wow! Ich hätte dich nie für so kaltschnäuzig gehalten.«

»Ich bin pragmatisch.«

»Nenn es, wie du willst«, Toms Blick streifte das besorgte Gesicht seiner Tante. »Ich bleibe heut Nacht hier. Für alle Fälle.«

»Wozu? Du kannst hier doch gar nichts ausrichten.«

»Du solltest nach Hause fahren. Vielleicht schaust du mal, wann das nächste Robbenschlachten stattfindet oder in welchem Urlaubsland die meisten Walherden stranden. Was immer dich davon abhält, diesen Ort zu einer Mülldeponie oder einem Kadaverhaus zu erklären.« Zum ersten Mal seit sie ihn kannte, hatte Toms Stimme einen schneidenden Tonfall angenommen. Doch Liz wich nicht zurück. Geradezu herausgefordert, blaffte sie ihrem Freund ins Gesicht:

»Ich versuche, das Beste aus der Situation herauszuholen und uns wieder etwas Geld zu verschaffen. Und falls du es noch nicht bemerkt hast: ES GIBT KEINEN URLAUB!«

»Den möchte ich mit dir auch gar nicht mehr machen.« Hinter ihnen schlug Marvin die Autotür zu. So entging Großtante Mathilde das Finale. Sie sah nur, wie sich Liz kreidebleich neben ihr in den Fahrersitz warf und schwer schluckte, während sie den beiden Jungs zum Abschied zuwinkte.

36

Die Garage verschwand im Rückspiegel.

»Mathilde, warum willst du mit dem Kies kein Vermögen verdienen?«, fand Liz ihre Stimme nur langsam wieder. Toms Abfuhr hatte sie völlig unerwartet getroffen. Sie zerdrückte die erste Träne in ihrem Augenwinkel. »Durch Geld erlangt man Aufmerksamkeit und Bedeutung. Das ist doch erstrebenswert!« G.T. Matti war nicht nach Erklärungen. Von dem langen Tag ermattet, schaute sie vom Dorf zu Liz und wieder zurück.

»Liebes, das erreichten mein Mann und ich bereits vor sehr langer Zeit, indem wir immer unseren Prinzipien entsprechend handelten. Das Konzept tausche ich jetzt nicht gegen ein paar Insta-Bilder ein.« Aus Mathildes mildem Lächeln wurde ein Wissendes. »Und Tom ist genauso.«
Liz verschluckte sich an der Luft für ihre Gegenargumente und ließ die nächsten Tränen über ihre Wangen kullern.

»Es war ein langer Tag, mehr nicht.«

»Alter, du hast all das Zeug in deinem Wagen?« Tom stülpte sich ein frisches Shirt und einen Pullover über, die ihm Marv von der Rückbank aus zuwarf. Ein Sixpack Bier zwischen die Beine geklemmt, zog auch er sich für die Nacht wärmer an.

»Man weiß nie, wann man mal einen Dreier im Freien mit seinem Buddy und einem Schaf hat. Passt doch!«, warf er Tom ein Bier zu und riss die Arme zum Jubel empor. Das Schaf hatte sich erhoben und wackelte durch die Garage, um einen Schluck zu trinken, erschrak und sah die beiden Kerle regungslos an.

»Wow! Wow! Wow!« Tom und Marv wichen geduckt zurück, wedelten beschwichtigend mit den Armen und hatten keine Ahnung, was zu tun war. »Keine Angst, wir sind absolut harmlose Flitzpiepen. Wir passen nur auf dich auf«, versicherten sie dem verfilzten Wollknäuel.

37

»Deine Stimme scheint es zu beruhigen.«

»Klaro, ich bin ja auch der Schafbeschwörer, der Porno-elfen-Täufer.«

»Gib ihm bloß keinen Namen!«

Tom setzte sich zu Marvin in den Kombi. Der weiche Sitz war eine Wohltat und ließ ihn all den Stress für einen Augenblick vergessen. Marv vorn, Tom vom Rücksitz aus schauten sie dem Schaf beim Fressen zu, streckten ihre Füße ins Gras und stießen an.

»Ist ein Scheißgefühl, zurückgelassen zu werden«, nuschelte der Metalfan in sein Bier. Tom ahnte, was seinen Freund bedrückte. Marv war Vollwaise. Aber nur selten hörte man ihm an, dass er diese spezielle Einsamkeit kannte.

»Wirst du nicht vermisst?«

»Ist gar nicht so übel hier draußen«, sog Marvin die Nacht-luft ein. »Gewährst du mir Asyl?«

»Ist was mit dir und Susanne?« Tom nahm einen großen Schluck Bier und wartete. Marvin blies die Luft aus.

»Mit Wacken hat´s bestimmt auch so angefangen«, wedel-ten Marvs Arme über die Weite der Wiese.

»Aber ohne Schafe.«Tom zog die Beine ein und rutschte auf den anderen Rücksitz rüber. Das Tier kam schnurgerade auf ihn zu, steckte den Kopf in den Wagen und beäugte die beiden Kerle.

»Der Kleine steht auf deine Stimme.« Marvin verdrehte sich im Sitz, stellte die Bierdose weg und suchte die Hosenta-schen nach seinem Smartphone ab. »Ist mit dir und Liz jetzt Schluss?«, kamen ihm die Worte wie beiläufig über die Lippen. Tom gelang keine Antwort, er faltete sich im Fond zusammen. Mit sanftem Druck versuchte er das Schaf draußen zu halten,

38

doch ehe er sich versah, verstopfte der riesige Klumpen Wolle die Tür, ließ sich fallen und begrub ihn unter sich.

»Vermutlich schon, wenn du das postest«, hielt Tom mit schmerzverzerrtem Gesicht die Bierdose zum Gruß empor, während Marvin sein Grinsen mit in das Gruppenbild schob und abdrückte.

Das Schnaufen umkreiste den roten Kombi. Alle Türen waren verschlossen. Das leise Schnarchen der drei Gestalten im Inneren drang durch die winzigen Fensterschlitze. Das Schnaufen wurde zu einem Schnüffeln, wurde zu einem Röcheln. Im Wagen schrie jemand auf.
Das Schaf hatte sich erschreckt, quetschte Tom und trat gegen die Tür. Auch vorn regte es sich.

»Aua, mein Auto!«, griff eine große Hand an einem dünnen Arm nach hinten und tätschelte beruhigend die Stirn.

»Das bin ich, Marv.«

»Oh, sorry.«

»Das bin immer noch ich.«

»Was hab ich in der Hand? ... oh ... Sag´s mir nicht.«

»Willst du es erraten oder lässt du los?« Tom drückte sich das Schaf wie ein Kopfkissen zurecht und lauschte.
Draußen war nichts.

Mit Beginn der Morgendämmerung hatte Matuschek das Areal nach Spuren abgesucht, die seinen Verdacht erhärten sollten. Kotproben hatte er nicht gefunden. Dafür war seinem geschulten Blick ein Abdruck nicht entgangen, den ein Laie zwischen den Grasbüscheln gar nicht bemerkt hätte. Aber mehrere wären besser. Dieser war nicht aussagekräftig. Er deutete nur in eine Richtung und er war anders als erwartet.

Matuschek stand bereits eine Weile vor der Motorhaube und betrachtete die beiden Kerle. Der Eine war kaum mehr unter der Wolle auszumachen, während der Größere vorn seine Lehne herabgelassen und sich verdreht hatte. Selig sabbernd ruhte Marvins Gesicht auf dem Hintern des Schafes.

Vom Dorf aus dröhnte es. Matuschek erkannte den kleinen Fiat, dem ein silberner Dodge Pick-up folgte. Mit einem ohrenbetäubenden Röhren kam die riesige verchromte Deluxe Edition neben ihm zum Stehen und eine Welle aus Sand schwappte ihm auf die Stiefel.

»Darf ich mal?«, zwängte sich eine große Blondine an ihm vorüber. Die Frauen kletterten auf die Ladefläche und schippten sie frei.

»Verdammt noch mal! Ich hatte doch nein gesagt. Rede ich etwa nicht klar und deutlich?«, fiel Tom über das Schaf aus dem Auto, raffte die Wolle wie einen Unterrock auf und stolperte auf die Gruppe zu. »Liz, verflucht noch eins!«

»Reg dich ab. Es ist nur diese kleine Fuhre«, wedelte sie über dem hohen Sandberg herum. »Wir verteilen ihn hier und niemandem wird es auffallen.«

»Die Idee ist gar nicht so schlecht«, mischte sich Matuschek ein. Er beäugte den Boden und wies der Blondine eine Fläche zu, auf die sie die nächsten Schaufeln Sand werfen sollte.

»Förster, richtig? Und nicht Strandmeister. Also haben Sie hier kein Mitspracherecht!« Tom quetschte sich an dem Mann in Cargohose und seinem mit dem Landeswappen verzierten Hemd vorbei und zog Liz am Arm ein Stück mit sich. Mehrere Bierdosen fielen scheppernd ins Gras.

40

»Hey Leute, das bringt mich auf was«, kratzte sich Marvin genüsslich. »Das sollte mal jemand aufräumen!« Gähnend schlurfte er um seinem Wagen und verschwand. Tom und das Schaf standen vor Liz.

»Nimmst du mich überhaupt nicht mehr ernst? Ich hatte dich um etwas gebeten und jetzt machst du es Großtante Matti doppelt schwer.« Liz fiel die Ader auf seiner Stirn auf, die mit jedem Wort dicker zu werden schien.

»Mathilde ist das hier ziemlich egal.« Liz packte nun Tom ihrerseits an den Armen und strahlte ihn an. »Gwen und Andi laden uns zur Einweihungsfeier ihres privaten Sommerareals ein und noch länger!« Liz überlief ein Schauer der Erregung. »Und alles was wir dafür tun müssen, ist den überschüssigen Sand für sie verschwinden zu lassen. Ist das nicht geil?« Tom schloss für einen Moment die Augen. Die Idee klang gar nicht so übel. Nein, im Grunde war es sehr verlockend, die Urlaubszeit mit Privatpool und allerlei Annehmlichkeiten zu genießen.

»Hey Gwen, was ist dem Herrn Anwalt an dem ganzen Sand denn so peinlich?« Die Blondine steckte den Spaten in den Sand, hielt sich am Stiel fest und gluckste: »Du meinst Herrn Numerus clausus 1,0? Der hat sich vertan.«

»In der Maßeinheit?«

»Jupp. Statt für vierundzwanzig Quadratmeter Sand zu bestellen, orderte der Herr satte vierundzwanzig Kubikmeter.« Sonst wäre das ein Brüller gewesen, doch Tom war nicht zum Lachen zu Mute.

»Du siehst den Pool vor lauter Sand nicht mehr.«

»Ihr habt eure ganz persönliche Wanderdüne. Angeber!« Wenn es nach Tom ginge, könnte sie gleich weiterziehen.

41

»Hey, das Teil steht ja wieder senkrecht«, tippte Liz dem Schaf auf die Nase, wischte sich die Finger an Toms Hose ab und zückte ihr Smartphone. »Dann werde ich mal mein Versprechen einhalten. Ich hab´s nicht vergessen und dir Frühstück gemacht!« Liz Zeigefinger stieg vor seinen Lippen auf. Matuschek sah sich um. Er schien zu berechnen, was Tom ebenfalls durch den Kopf ging.

»Nur ein ›Bisschen‹ Sand, was? Und wo sind die Harken, um die Wüste zu verteilen?«
Liz sah sich ein wenig ratlos um, wühlte auf der Ladefläche unter dem Dreck und zog eine Lunchbox hervor, die aufklappte und Sand ausspuckte.

»Wie dein Frühstück ... Zu Hause.«

»Oahhhhrgg« Tom riss entnervt die Beifahrertür auf.

»Falsche Seite«, warf ihm Liz den Schlüssel zu. Toms Hunger war so groß, dass ihm bereits die Hände zitterten. Mit dem Hintern drückte er die Tür zu und rannte um den Fiat.

»Herr Grässner? Einen Augenblick!«
Toms Magen knurrte so laut, dass er Matuscheks Worte übertönte.

Der Fiat schaukelte über den ersten Hügel und Tom nestelte nach dem Schloss, um das Schaf neben sich anzugurten. Tom brauchte nicht in den Spiegel zu blicken, um zu wissen, wie fertig er aussah. Was in seine Nase kroch, genügte ihm vollends. Er war dankbar, dass Liz immer mit offenen Fenstern fuhr. Ganz sicher stank er gerade mit dem Schaf um die Wette.
Zu Hause angekommen, ließ Tom das Schäfchen im Wagen. Er würde sich nur frischmachen und bevor die Tür ins Schloss fiele, so schwor er sich, wäre er mit Verpflegung im Arm wieder bei ihm.
Toms Gestalt wurde noch nicht ganz vom dunklen Treppenhaus

42

verschluckt, da rumorte es in dem wolligen kleinen Beifahrer. Es trampelte auf dem Sitz umher, drehte sich, soweit es ihm möglich war, und hängte sich aus dem Fenster, um seinem neuen Begleiter nach Leibeskräften nachzuschreien. Doch Tom hörte es nicht. Der zappelte sich vor dem Kühlschrank aus den Klamotten, warf ein paar Extrascheiben Fleisch auf die geschmierten Brote, die Liz auf dem Tisch vergessen hatte und flitzte mit seiner Beute im Schlund unter die Dusche.

Das Schaf streckte die Vorderbeine aus dem Auto, sackte nach vorn und blieb mit seiner dicken Wolle stecken. Ein weiteres Mal innerhalb so kurzer Zeit, schien es gefangen. Ein lautes Mäh quittierte seinen Unmut, doch diesmal gab es keine Dornen, keine Äste, die es aufhielten. Mit den Hinterbeinen hoppelte es, trat aus, traf auf Widerstand und stieß sich ab. Wie ein dicker Popel rutschte es an der Außentür herab und folgte dem Gesang. Mit der Schnauze stupste es gegen die Tür, untersuchte die schlabberige alte Klinke und verpasste ihr einen Nasenstüber.

Toms Arie wurde nur von seinem lauten Schmatzen unterbrochen. Mit einem belegten Brot in der Hand tanzte er unter der Brause. Einmal hatte er eben schon das Sandwich mit dem Waschlappen verwechselt und ihn daraufhin weggeschleudert.

»Irgendwo hier muss doch dieses Teil rumliegen«, tastete Toms Fuß nach Liz´Luffaschwamm. Das wuschelige Ding hatte er ständig unter den Füßen. Aber immerhin war der nicht mit etwas Essbaren zu verwechseln und da gab es noch diese verschwitzte Stelle an seinem Hintern. Unvorstellbar, wenn er sich die aus Versehen mit seinem Sandwich waschen würde. Tom lachte. Das Essen hatte ihm gutgetan. Er fühlte, sich wieder normal. Sein Fuß hatte den fluffigen Schwamm ertastet. Er kniff die Zehen zusammen, um ihn aufzuheben, aber er war voll-

43

gesogen und schwerer, als Tom gedacht hatte. Tom Griff hinter sich und zog den Schwamm an sich hoch.

»Aaaaah, ja!«, hatte er die Stelle ausfindig gemacht und rubbelte sie mit der Wolle. Der Duschvorhang raschelte und der Schwamm wurde immer schwerer in seiner Hand, zudem steckte Toms Finger in einem Nasenloch.

»Himmel! Das darf doch nicht wahr sein!«, sprang er herum und presste sich an die Wand. Das Schaf lutschte an Toms Fingern und wackelte munter mit dem Schwanz.

»Du brauchst auch ein Frühstück, was?«, schaltete der Rotschopf das Wasser ab, hockte sich hin und hob das Gesicht des Tieres so an, dass es nicht auf die Idee kam, ein Euter vor sich zu sehen. »Ich habe keine Ahnung von Haustieren, aber ich weiß, dass du keines bist, also sieh es mir nach, wenn ich Fehler mache. Ja?« Toms Nicken übertrug sich auf das Schaf. Es tropfte. Mit einem ebenso prächtigen Turban wie sein eigener, führte Tom es in die Küche. Urplötzlich verspürte er nicht mehr das Bedürfnis, sich zu beeilen.

»Weißt du, ich finde es nur fair, wenn wir Liz in Ruhe arbeiten lassen.« Er holte zwei Teller und putzte gründlich das Grünzeug. »Nimm dir also Zeit, mir zu sagen, was du gern essen würdest.« Nach einem Salat, einem Fruchtsalat, einem großen Müsli und den zu suchenden Harken, brachen er und das Schaf auf. Kaum im Auto verfinsterte sich seine Miene wieder. Tom war vollgefressen und hatte keine Lust, den restlichen Tag Liz einen eigenen Wüstenplaneten anzulegen. Noch dazu stand er an der nächsten Ampel neben seinem Kollegen. Normans lächerlich aufgemotzte Schüssel war unverkennbar. Tom rollte langsam zu ihm vor und nahm das Schaf in den Arm. Norman quollen die Augen über.

44

»Tom?«, kam der Junge nicht weiter. Er starrte vom Schaf zu seinem Kollegen und wieder zurück. Tom verzog keine Miene. Er herzte das Schaf, streichelte zärtlich dessen Wange und winkte herüber.

»Hey Norm, du sagtest doch, ich solle mir was Jüngeres anlachen. Hab ich getan. Geil oder?« Tom schrie innerlich vor Freude auf, seine Mine verriet jedoch nichts davon. Er gab langsam Gas und das Schaf drückte sich fester an ihn. Normans Mund blieb offen stehen. Starrend legte er den Gang ein und hielt mit dem Fiat die Höhe, bis er fast in ein anderes Auto krachte, das Vorfahrt hatte und ihn zu einer Vollbremsung zwang. Endlich außer Sichtweite krümmte sich Tom im Sitz vor lachen und kraulte seinem Beifahrer zärtlich die Ohren.

»Der Tag könnte noch was werden.«
Als die beiden ankamen, hatte sich das Szenario an der Garage schon verselbstständigt. Ein zweiter riesiger Geländewagen hatte sich dazugesellt. Tom erkannte Andis Auto an der blauen Spez05iallackierung des Daches, das als einziges über den Abraum lugte. Neben der monströsen Sandburg parkte Marvins Kombi. Marv selbst hatte sich auch umgezogen. Er huschte als hoher schwarzer Balken zwischen den anderen Gestalten umher. Sogar dieser Matuschek stand in unmittelbarer Nähe und dirigierte das Abladen.

»Ah, das muss das berühmte Schaf sein! Na, komm her!«, hielt Andi auf die Wiederkehrer zu, von denen er aber nur Toms Harken für einen Händedruck erwischte. »Ich dank dir, mein Alter, dass ich den ganzen Scheiß bei dir abladen kann und du weißt, dass ihr zwei jederzeit willkommen seid.«

Tom schnappte ein. Er ließ eine Harke in Andis Arme fallen und stierte in das Innere der Garage, aus der ihn erneut ein widerlicher Gestank heimsuchte.

»Marvin, was wird das?« Tom starrte auf völlig bunt verschmierte Wände. Giftiges Grün und Neongelb sprangen ihm geradezu in die Augen, alles gekrönt von einer weiß umrandeten rosaroten Sonne über dem Wasserbecken, in dem Marvin mit seinen Pinseln herumtollte.

»Urlaub.«

»Vom guten Geschmack. Das sehe ich.« Toms Beine wurden weich.

»Das ist dein Traumreiseziel!«, beharrte Marvin mit einem lauten Lachen und breitete die Arme aus. Tom verlor die Kontrolle, er wollte sich setzen, prallte gegen den Sandhümpel neben sich und zog es dann vor, sich auf die Harken zu stützen, bevor er jemanden damit erschlug.

»Das sieht aus wie ein geschmolzener Clown!«, brüllend zeigte er auf die verlaufende Sonne an der Wand.

»Wirklich?«

Liz lugte um die Tür und krallte sich die Harken, bevor ihr Freund explodierte. Der raufte sich bereit die Haare und schnappte nach Luft, doch Marvins Grinsen ließ nicht nach.

»Stell dich doch mal davor, dann wissen wir es.«
Seine Freunde versammelten sich, sahen zu Tom und an ihm vorüber und winkten.

»Tom. Dort!« Sollte er sich umdrehen. Tom tastete nach seinem Anti-Stress-Wollknäuel, er griff das Schaf und knetete sein Ohr, während er das Chaos um sich herum studierte.

»Tohom!«
Wieder reagierte er nicht. Die Ader auf seiner Stirn war zum Zerreißen gespannt. Er lehnte sich zurück. Vom Sandberg rutschte ein Schwall herab und versetzte Tom einen Stoß, ein zweiter rauschte ihm ins Shirt. Schwankend tänzelte er durch den Sand, schüttelte sich und schob das Schaf vor sich her.

»ES REICHT! Anscheinend macht hier jeder, was er will. Aber jetzt reicht es mir! Niemand bewegt sich, niemand sagt etwas. Ich muss nachdenken und wer sich zuckt, dem reiß ich den Arsch auf!« Ragten seine Zeigefinger dicht vor Liz´Augen in die Höhe. Mit einem Mal gebot er dem ganzen Gewusel Einhalt. Tom rieb sich die Stirn. Er sah zu seinen Freunden, die alle durch ihn hindurch zu sehen schienen. Tom drehte sich um und blickte auf ein kleines Mädchen, das mit den ersten Tränen in den großen Augen, hochroten Wangen und Rotz in der Nase, völlig regungslos dastand. Mit erhobener Hand wagte es nicht einmal, zu atmen.

»Na, komm. Trudie, trau dich. Du warst sicher nicht gemeint«, schupste eine Frau das Mädchen an, die zu jung war, um ihre Mutter zu sein.

»Entschuldige. Ich meinte wirklich nur die dahinten. Was gibt es denn?« Ging Tom in die Hocke und die Kleine auf Abstand.

»Ich, wir haben auch einen Sandkasten«, zupfte das Mädchen an ihrem Rocksaum und drehte sich zu ihrer Betreuerin um, die aufmunternd nickte. »Der ist aber nicht so groß.«

»Das glaub ich gern«, verdrehte Tom die Augen.

»Und unser Sand ist schon gaaaanz schmutzig. Frau Winters Kater Dieter hat da sogar einmal reingekackt. Ich hab´s gesehen«, stand ihr die Empörung ins Gesicht geschrieben.

»Möchtet ihr von unserem vielleicht gaaaanz viel abhaben?«, äffte Tom das Mädchen nach. Die Kleine strahlte mit fest zusammengekniffenen Lippen.

»Weißt du, dass du mir damit gaaanz doll hilfst?« Tom schenkte seinen Freunden ein zufriedenes Lächeln. »Ihr habt es gehört. Alles wieder aufladen!« Tom wandte sich noch einmal

47

dem Kind zu, dass an ihm zupfte und ihn herabzog. »Hab ich was vergessen?«

»Wie heißt denn dein Schaf?«

Alle Erwachsenen starrten einander an. Liz zuckte die Achseln.

»Es hat keinen Namen. Aber es kann wunderbar Türmchen bauen«, geriet ihre Stimme ins Stocken.

Direkt neben Tom äpfelte es in den Sand. Angeekelt vermaß klein Trudie den dunklen Turm in dem so heißbegehrten weißen Sand mit den Augen. Zum Erstaunen aller blieb er tatsächlich aufgehäuft stehen.

»Den Sand will ich nicht!«, zupfte sie an ihrer Betreuerin.

»Es ist genug anderer Sand übrig.«

»Aber den Sand da nicht!«, beharrte das Kind.

Matuschek hatte in der Zwischenzeit das halbe Dorf mobilisiert. Es tauchten immer mehr Leute mit Eimern und Schubkarren auf. Auch die restlichen Kita-Krümel brachten ihre bunten Eimer und Plastikschäufelchen mit, um zu helfen. Liz bereute, dass sie Andis letzte Fuhre so schnell abgeladen hatten. Nun wuchteten sie alles wieder auf die Ladefläche, damit der Pickup zuerst aus dem Weg geschafft werden konnte. Ein Knuffen unterbrach sie und Tom lächelte sie an.

»Ist doch kein schlechter Name, ›Türmchen‹ oder? Ich find ihn gut. Und du darfst nicht mitreden, Marv!«, sah Tom sich nicht einmal um. Er roch Marvins Eau de Toilette hinter sich.

»Die Frau vom Tierschutz kommt nachher nochmal rum, Türmchen abholen.« Liz bekam ein wortloses Nicken zurück.

Aus der Ferne betrachtet, mutete ihre Karawane wie ein Scherenschnitt an. Die Autos transportierten das meiste. Doch, um die Kinder nicht zu enttäuschen, die unbedingt ihren Beitrag leisten wollten, zog sich eine Menschenkette über die Grashügel dahin. Schubkarren voll Sand, manche sogar noch mit

48

zusätzlichen Eimern behangen, karrten Toms Gruppe und die Dorfbewohner zur einzigen größeren Straße im Ort, an der die Kita sie mit offenen Toren empfing.

Marvins Arme schienen unter der Last der Karre ausgeleiert zu sein, sie wirkten noch länger und hagerer als sonst. Dennoch hatte er Spaß.

»Verspürt noch jemand das Bedürfnis ›Hiho, hiho‹ zu singen?«, schnaufte er lachend. Der Knirps direkt vor ihm drehte sich um. Sie trug bereits einen der Zinkeimer der Erwachsenen, allerdings nur zur Hälfte befüll.

»Du bist echt alt! Der Film ist doch antik.«

»Müsstest du mich dann nicht siezen?«

Merle kniff die Augen zusammen und überlegte.

»Kennen Sie nicht Star Wars und die Sandleute?«

»Kommt drauf an, wer fragt. Tuske oder Jawa, was bist du?«

»Sie sind bescheuert.« Merle schüttelte den Kopf.

»Stimmt.« Liz, Tom und das Schaf zogen an ihm vorüber. »Aber das macht seinen Charme aus.« Ein Wettrennen begann. Die jungen Leute und die Dorfbewohner schütteten die letzten Sandladungen aus. Der Sandkasten der Kita war bereits vor Stunden irgendwo unter den Massen begraben worden und die Leiterin steckte eine Fahne in den Haufen, in dem sie ihn vermutete.

Ausgelaugt lehnten sie an den Sandbergen.

»Ey, Abstand halten!«, drückte Tom Andi eine Armlänge fort, der sich erschöpft zu Boden rutschen ließ. »So geht´s auch.«

»Niemand nennt den anderen je mehr ›Alter‹, verstanden?« Liz´Hände waren völlig verkrümmt. Sie brachte keinen

49

erhobenen Zeigefinger mehr zu Stande. Jeder Millimeter, den sie sie zu öffnen versuchte, schmerzte wie tausend Nadelstiche.

»Einverstanden.«, pulte sich Tom langsam aus dem Sandbad.

»Die Eingeborenen beäugen uns argwöhnisch.« Marvin streckte seine Hand aus und ließ sich von Tom emporhieven.

»Die planen etwas.« Andi lehnte sich zu Gwen und flüsterte ihr ins Ohr.

»Ich darf jetzt mit dem Schaf Gassigehen!«, schnellte Gwendolin in die Höhe und auf Türmchen zu. Behutsam trieb sie es vor sich her.

»Ich hab keine Ahnung, wie sie das macht!« Andi wälzte sich ihr durch den Sand hinterher.

»Tja, sie hat eben ein Händchen für Tiere.«

»Das meine ich nicht. Ich kann nicht aufstehen. Meine Beine sind wie Pudding. Ich komm nicht hoch.«

»Na, wollen wir mal sehen, ob wir noch einen hochkriegen.« Damit packten Marvin und Tom zu und stellten ihren Freund auf die Füße.

»My Lady«, zog Tom Liz in seine Arme.
All die Anstrengung und der Ärger waren wie weggeblasen. Liz schmiegte sich an ihn.

»Von hier aus sieht das Ding gar nicht so verkorkst aus.«

»Hm.« Liz hielt die Augen geschlossen. Ihr Kinn auf Toms Schulter gebettet, nahm sie sich vor, was immer geschah, wohlwollend zu ignorieren. Ab jetzt kehrte alles wieder zum Normalzustand zurück.

»Das liegt daran, dass der Strommast gerichtet wurde. Hey! Da sind welche an der Garage zu Gange.«
Gwen und Türmchen erreichten zu letzt die Garage, aus der Matuschek und ein großer stämmiger Mann traten, der sich die

50

Reste eines isolierten Kabels auf dem Arm aufwickelte und die Gruppe mit einem zufriedenen Lachen begrüßte.

»Wer´s kaputt macht, muss es kaufen. So viel ist klar.«

»Ein kleines Dankeschön für den Sandkasten«, ignorierte er Marv´s Spruch. »Ihr habt wieder Strom. Ich hab noch eine Steckdose oben drauf gepackt.«

»Psst! Sagen Sie doch sowas nicht!«,huschten Tom und Liz auf ihn zu. Doch zu spät.

»Oh, super!« Marvin schlug einen Haken und vollführte einen Bauchklatscher in seinen Kombi, aus dem er sich mit einer Vielzahl an Boxen und Kisten vor der Brust wieder herauswühlte. »Dann lasst Marvin mal machen.«

»Marvin, hey! Hey! Übertreib es nicht mit den Verteilerdosen!« Sein Kumpel hörte ihn nicht. Tom stieß seine Freunde hinterher. »Haltet ihr ihn mal davon ab! Nicht dass das nachher aussieht wie ein Puff mit roten Lampen für Schafe. Und wo ist der Stromzähler?«

»Das sag ich dir, wenn du soweit bist«, grinste der Mann.

»Was bedeutet das schon wieder?«

Der Handwerker war gespannt auf Marvins emsiges Treiben und verschwand mit den anderen in der Garage. Tom hörte ihn reden, dass es zu viel sei, da schnitt ihm Matuschek den Weg ab und führte ihn hinaus auf die Wiese. Türmchen folgte den beiden.

»Danke, also, danke dafür«, knetete Tom Türmchens Ohr. Matuschek wehrte ab.

»Herr Grässner, was Wilhelm angeht, haben Sie mit ihm irgendwelche krummen Geschäfte vorgehabt?«

»Wie bitte? Ich? Sie haben aber schon mitbekommen, was hier abgegangen ist?«

Die Stimme des Försters blieb so hart wie sein Blick.

51

»Wenn dem so ist, dann sollten Sie es jetzt sagen. Er hat großen Ärger an der Backe und wenn Sie etwas wissen und etwas passiert, dann ...«

»Wollen Sie mir irgendetwas unterstellen? Wenn dem so ist, die Beiden dort hinten sind Anwälte, dann hole ich sie zu unserem Gespräch oder Sie sagen mir konkret, was los ist.«

»Hunde waren der absolute Corona-Renner. Ich nahm an, sie wollten diesen Standort hier womöglich flottmachen, um Wilhelm dabei zu helfen, illegal eingeschmuggelte Tiere zu vermehren und zu vertreiben.«

Für einen Augenblick ratterte es in Tom. Er musste die Worte erst sacken lassen, bis er begriff, worauf Matuschek hinaus wollte.

»Ich hab´s nicht so mit Tieren«, strich Tom Türmchens Ohr aus, bis es ihm dämmerte. »Bis jetzt. Okay. Wir brauchen Geld, aber wir würden nie Tiere in diesen Kasten pferchen. Niemals! Liz wollte nie ein Haustier, ich hatte nie eins und das mit den Schafen war schon der GAU. Größter animalischer Unfall.«

Matuschek studierte den Knaben eindringlich. Wieder fiel sein Blick auf dessen Hände, die dem Schaf nun die gleiche Elvis-Tolle drehten, wie er sie sich selbst zufügte, wenn es in ihm rumorte.

»Wilhelm hat kranke Tiere eingeschleust. Ich habe welche gefunden, das war aber bestimmt nicht die gesamte Lieferung. Sie waren alle verseucht. Ein Labor untersucht es noch genau. Und wenn sich nur eines davongeschleppt hat, vervierfacht sich die Fläche, die ich absuchen muss.« Matuschek rieb sich den Nacken. »Als sie nachts unterwegs waren, ist Ihnen etwas aufgefallen? Wo sind Sie entlanggefahren?«

Tom starrte ihn an. Er erkannte die Erschöpfung, die im Aufruf des Försters mitschwang und nickte.

52

»Das erinnert mich an früher, als uns zum Spielen eine alte Wäscheleine, ein paar Klammern und Decken reichten. Wir haben dann immer Buden gebaut und uns vorgestellt wir wären campen, allerdings ohne die Erwachsenen.« Gwendolins Augen strahlten. Bei dem Schwank aus ihrer Kindheit verfiel sie ins Plappern. Ihre warmen Worte weckten auch in Liz die Erinnerung. »Wir haben im Plattenbau gewohnt und hatten Glück, weil wir so immer jemandem zum Spielen rausklingeln konnten.«

»Frau Lippinskie, hier sind Liz und Gwen, dürfen Katrin und Georg zum Spielen rauskommen?«, versuchte sich Liz an einer Imitation ihres früheren Ich.

»Genau. Und wenn das keinen Erfolg hatte, dann eben zum nächsten Hauseingang weiter.«

»Ja. Wir brauchten nicht viel zu unserem Glück. Und so einen Kitsch ganz bestimmt nicht.« Liz Blick folgte dem sich trollenden Marvin.

»Scheint so, als versuchten die Frauen, hier das Kommando zu übernehmen und dabei bemühe ich mich, dass es was ganz Besonderes wird.«

»Nein, Mann. Das ist wirklich furchtbar!«, lachte Andi das Teil in Marvins Armen aus.

»Kritiker. Keine Ahnung was gut ist und wie es noch besser werden kann.« Der runde Springbrunnen aus gelb strahlenden Entenhintern pupste einen letzten Strahl Wasser, wie er ihn sich fester gegen die Brust drückte. Wie ein geprügelter Hund trollte sich Marvin ins Freie. Schmollend drehte er sich immer wieder um. Er hatte noch mehr in seinem Wagen, das würde er ihnen zeigen.

»Oha! Na, danach suche ich nicht!«
Die junge Tierschützerin stand vor Marvin und starrte auf die

53

Bürzel in seinen Armen. Trotz ihres Mundschutzes konnte er erkennen, dass sie sich über ihn amüsierte. Sie setze einen weiten Schritt zurück, um die Maske abnehmen zu können. Marvin war tags zuvor gar nicht aufgefallen, wie strahlend ihr Lächeln war. Er trug fest zusammengekniffene Lippen und Zornesfalten auf der Stirn.

»Ihr habt noch ein Schaf gefunden, habe ich gehört?«, klatschte sie in die Hände. Marvin schaute sich um, doch aus dem Inneren der Garage drang nur weiteres Gelächter zu ihm hinaus. Es war ansteckend und auf seine Kosten. Ihm kam eine Idee.

»Hm, das ist dahinten bei seinem Besitzer«, Marvin deutete mit den Ring aus Entenhintern hinter sich. Ihr Blick folgte seiner laschen Geste über die Beulen der Wiese hinweg bis zu den zwei Personen, die das Tier flankierten.
Tom und Matuschek unterhielten sich lebhaft. Tom zeigte mal in diese und mal in jene Richtung, bevor er sich wieder dem Mann in der groben Arbeitskleidung zuwandte, der statt seiner das Schäfchen nun ausgelassen kraulte und tätschelte.

»Der Mann dort hinten bei Tom? Und ihr seid euch ganz sicher?«

»Hm«, blieb Marvin wortkarg. »Must nur mal schauen, wie es an ihm hängt!« In Gedanken kreuzte er die Finger. Hoffentlich sahen sie nicht herüber. Matuschek hockte sich hin, um Türmchens Blessuren zu untersuchen, das alles über sich ergehen ließ. Nur einmal stoppte das wackelnde Schwänzchen kurz, als er die Wolle unterhalb eines Beines teilte.

»Ist es verletzt? Es müsste auch längst geschoren sein. Sicher, dass es nicht zu den anderen gehört?«

»Ja, ja. Hat sich wohl auf der Flucht vorm Frisör zu der anderen Herde geschlichen. Es hat ein paar Kratzer.«

54

Marvin deutete zum Zaun und zuckte die Achseln. Er wagte nicht, hinzusehen, doch er musste. Er war so kurz davor, dass es klappte.

»Ich sollte mal nachsehen.«

»Fuck!«, schrie Marvin innerlich auf, doch er blieb in seinem schnippischen Tonfall.»Ja, ja. Tu das. Er bedankt sich bestimmt seit einer halben Stunde bei Tom. Ich wollte ihn schon retten«, Marvin hielt den Atem an. Matuschek sah zu Tom auf und zum ersten Mal lächelte er zufrieden, wuschelte die Wolle des Tieres durch und richtete sich auf. Tom nickte kräftig und sie schlenderten ein paar Schritte Richtung Dorf. Das Schaf folgte ihnen. »Aber in der aktuellen Situation gönnt man doch jedem sein Bisschen Freude«, kehrte Marvins Gelassenheit zurück. Matuschek nahm den nächsten Hügel in Angriff, Türmchen immer im Blick.

»Na, schön. Wenn das so ist. Ich kann niemandem sein Tier wegnehmen. Und er scheint sich ja wirklich darum zu sorgen.« »Scheint so.« Marvin zuckte die Achseln. Er musste cool bleiben.»Details erfahren wir sicher nachher. Möchtest du so lange etwas trinken?«, hielt er ihr eine zerbeulte Bierdose entgegen. Sie winkte ab und sah auf ihr Smartphone, dessen Display von Pop-up-Nachrichten nur so überquoll.»Ich kann dich auch anrufen und berichten, wenn es dir so viel bedeutet?«

»Wäre schön gewesen, den Anruf zu kriegen, bevor ich herfahre«, warf sie ihre Schlüssel von einer Hand in die andere und eilte zum Wagen zurück. »Sag deinen Freunden einen Gruß und alles Gute.«

»Hm, das können die immer gebrauchen. Danke.« Marvin fiel fast der Arm ab, so heftig wedelte seine Hand durch die Lüfte. »Sie hat bestimmt ein heißes Date.«

55

»War das Evelyn?« Andis Frage zog den Rest der Gruppe ins Freie.

»Und was ist jetzt?« Liz sah das Auto davonbrausen, während Tom und Matuschek mit ihrem lästigen Mündel zu ihnen zurückeilten.

»Marv?« Tom breitete fragend die Arme aus.

»Tja,«, sog Marvin die Luft durch die Zähne ein. »Sie meint, das wird nichts. Türmchen sei viel zu sehr auf Menschen geprägt und es sei unverantwortlich, wenn wir dem kleinen Wollknäuel noch mehr Stress zumuten. Sie kann sich nicht in dem nötigen Ausmaß darum kümmern. Da müssen wir ran.« Marvin klatschte in die Hände, sein Blick blieb an Matuschek kleben. Er schaute ihn herausfordernd an.
Erst als die ganze Gruppe ihn anstarrte, verzog der den Mund zu einer zustimmenden Miene.

Liz fauchte, dass sie doch keine Ahnung hätten. Gwen zückte ihr Telefon, um das zu klären, doch zu Marvins Erleichterung wurden alle Anrufe auf die Mailbox weitergeleitet.

»Ich sagte doch, sie hat heut noch ein Date.«
Unter Tom schmolz der Boden. Er setzte sich ins Gras und atmete tief durch, damit der Schwindel nachließ. Sofort stakste Türmchen auf ihn zu und stupste sein Gesicht an. Erst beim dritten Stoß gab Tom nach und lehnte seine Stirn an die des Tieres.

»Warum? Warum? Warum nur?«
Marv schlenderte zu seinem Freund. Matuschek rührte sich nicht, er rempelte ihn im Vorbeigehen an. Der Blick, den er dem Metalfan zuwarf, bedeutete, dass er eine Ahnung hatte, was hier abging. Marv ließ sich neben seinem Kumpel ins Gras plumpsen und schaute sich um.

»Ach, komm!« Mit einer kreisenden Kopfbewegung deutete er auf die Menschen, die sie umgaben und flüsterte. »Das brauche ich jetzt. Das ist was Besonderes.«

»Das ist ja krass!« Liz ging mit dem Elektriker auf zwei kleine Kinder zu, die ihr einen alten Klammerbeutel, Leine und Decken brachten.

»Papa schrieb, dass ihr das braucht.«

»Dankeschön.« Gwen war völlig gerührt und selbst Liz ließ zum ersten Mal eine Gelegenheit zum Meckern verstreichen. Stattdessen klappte sie die Decken auf, um sie auf Zelttauglichkeit zu überprüfen. Sie schmunzelte.

»Apropos besonders: Wenn es wolkenlos bleibt, könnt ihr übermorgen Nacht den angekündigten Sternschnuppenschauer beobachten.« Matuschek deutete empor. »Keine Großstadtbeleuchtung. Keine Ablenkung. Die tollste Sicht überhaupt!«

»Kein Geld, kein Urlaub, keine Party, dafür ein Schaf«, moserte Tom vor sich hin, bis ihm Marv einen Stoß versetzte.

»Alter, wir hatten schon weniger und dennoch Spaß.« Ein Klammerbeutel kam geflogen und verfehlte Marvins Kopf nur um Haaresbreite, dafür traf Liz mit den zusammengeknüllten Decken besser. Er kippte um wie ein Brett. Tom stülpte sich die andere Decke über und wartete, bis Türmchen sich wieder zu ihm wagte. Mit einer schnellen Bewegung verschwanden sie beide unter dem Laken und regten sich nicht mehr.

»Knutscht ihr da drunter?«, hob Marvin eine Ecke an, dann gesellte er sich zu ihnen. »Ich will mitmachen.«

»Können Sie es nicht nehmen?«, glotze Tom Matuschek durch ein Loch in der Decke an. Der wehrte ab.

»Ihr findet schon eine Lösung.«

»Scheren Sie es für uns?«, lugte Marvin unter der Decke vor, sein Haar knisterte vor statischer Aufladung.

57

»Macht euch schlau. Dafür gibts bestimmt auch ein Videotutorial.« Matuschek kehrte ihnen den Rücken.

»Sie sind gut«, platzte es aus Andi. »Dafür benötigt man das richtige Equipment. Wo sollen wir das hernehmen?« Matuschek schaute sich nicht einmal um, er klopfte auf den roten Kombi. Die Truppe sah einander ratlos an. Nur Marvin grinste von einem Ohr zum anderen.

»Du hast echt?« Gwen sauste zu Marvin und zog ihn auf die Beine, aber nicht, ohne noch einmal das Schaf zu knuddeln.

»Wenn er meint, dass wir das hinbekommen. Das wird lustig!«, klatschte er in die Hände.

»Das wird ja immer schlimmer.« Andi verschränkte die Arme. Seine Freundin war ganz außer sich. Sie flitzte geradezu mit Marvin zum Auto.

»Das ist so spannend. Da kann kein Pudel mithalten. Ihr habt definitiv das coolste Haustier der Welt!«, verkündete sie völlig verzückt und riss Marvin den Haartrimmer aus den Händen, untersuchte ihn kurz und schnappte sich ein weiteres Verlängerungskabel. »Das machen wir im Tageslicht. Das wird das Beste sein.«

»Ja, wenn dann stirbt man den Elektroschock-Tod ganz klassisch mit dem Fernseher auf dem Badewannenrand und nicht mit dem Frisierzeug«, blies Marv aus. Beide verschwanden in der Garage. Tom beobachtete durch das Loch seiner Decke, welch wundersame Wirkung Gwens Kompliment auf ihr Umfeld hatte. Die Rollen vertauschten sich. Liz strahlte in die Gegend und drückte den Rücken durch, während Andi sich mit einem abschätzigen Blick umsah und immer mehr in sich zusammenrutschte. Er hätte schwören können, dass sein Buddy sogar kurz die Nase rümpfte.

»Ich habe eine Idee. Bin gleich zurück!« Zwei Zeigefinger ragten empor.

Tom musste dieses herrliche Lächeln mit beiden Augen sehen. Liz klopfte ihre Taschen nach dem Schlüssel ab. Er warf sie ihr rüber.

»Hey Liz, denk dran«, haderte er kurz mit Blick auf Andi, doch er musste es erwähnen. »Das Restbudget, okay? Nie in die roten Zahlen rutschen.«

»Wie besprochen.« Liz hörte trotz der Mahnung nicht auf zu strahlen. Mit einem Satz war sie fort. Tom und Türmchen wühlten sich aus der Decke und kamen mit einem Umweg um den Kombi auf Andi zugeschlurft.

»Hast du das schon mal gemacht?«, drückte er Andi zwei Bier in die Hand, der nicht so recht wusste, worauf Tom hinauswollte, bis der die Wäscheleine griff und einen Halt dafür suchte.

»Nein, Mann.« Andi öffnete die Flaschen und schnaufte hörbar aus. »Ich bin mit so einem Igluzelt im Ferienlager gewesen, dass man nur hinwerfen musste. Alles ziemlich unkompliziert.«

»Das war nicht zufällig ein Pfadfinder-Camp?« Tom schnürte die Leine um ein Brett der Tür, dass augenblicklich an dieser Stelle abbrach.

»Nope.« Biertrinkend sah Andi weiter nur zu.

»Das ist schade.« Unbeirrt legte Tom die freigewordene Schlinge um das Scharnier, duckte sich und ließ die Leine kurz zucken. Sie hielt. Mit dem anderen Ende latschte er an Andi vorüber durch den Sand und klemmte es direkt in der Hintertür des Geländewagens ein. »Hier ist es immer kompliziert.« Er warf die größte und schönste Decke darüber, spannte sie, und steckte die vordere Seite über Andi an der Leine fest, der

59

nicht einmal zuckte. Für das andere Ende fand er einen Stein und mit Klammern klemmte er die letzte freie Ecke am fetten Auspuffrohr seines Kumpels ein, bevor er sich unter das Sonnensegel zu ihm fallen ließ. Wie immer folgte ihm Türmchen. Wie ein Kind, das pinkeln muss, trampelte es durch den Sand, bis Andi schließlich begriff und rutschte.

»Drängler, Schupser, Spalter!« Türmchen bekam einen so finsteren Seitenblick, dass Tom das Wollknäuel in den Arm nahm.

»Jetzt wird´s interessant!« Gwen und Marvin legten das Stromkabel aus, ebneten einen Platz im Sand, den sie lauthals Schafscherstand tauften und beäugten die nächsten 10 Minuten regungslos ein Video auf dem Smartphone. Nur hin und wieder sahen sie zum Schaf auf, um seine Dimensionen abzuschätzen.

»Wie tief ist die eigentlich?«, drückte er seine Finger in die Wolle, versuchte sie zu teilen und auszuloten und watschelte mit angespanntem Gesicht und einem Maß zwischen Daumen und Zeigefinger zurück zum Schafscherstand, an dem Gwen den Haartrimmer einstellte.

»Ob das reicht?« Auf Gwens Gesicht breitete sich Ratlosigkeit aus. Marv nahm das Gerät aus der Hand und schor sich einen Unterarm.

»Das ist mir zu dicht dran.« Nach einer kurzen Umstellung fuhr er sich über den anderen Arm. »Hm, davon lässt sich zu schlecht ablesen.«

»Das ist, als würde man auf einen Autounfall lauern«, beugte sich Andi zu Tom und endlich lächelte er wieder.

»Dann probieren wir´s an was anderem.« Marvin band sich die Shorts auf, zog den Bund in die Länge und fuhr beherzt mit dem Trimmer vom Bauch abwärts.

»Oh, Alter. Komm schon!«

Aus den Hosenbeinen rieselten schwarze Haare. Die Jungs schüttelten sich.

»Passt das?«

»Lass mal sehen«, schaute Gwen in seine Hose und hielt das Handy zum Vergleich daneben.

»Ey, Alter, geht´s noch?«

»Ohhaaargh iiiii, Leute! Also wirklich.« Spielte Tom seine Abscheu, bei Andi war er sich nicht sicher. Sein Freund erwürgte die Bierflasche.

»Probieren wir noch was!« Gwen griff sich das Gerät, legte den Kopf schief und fuhr sich über die Schläfe. Ihr langes Blondes Haar glitt in dicken Strähnen zu Boden. Dazwischen rieselten Marvins Schamhaare umher.

»Iiiikse bah. Bäääääh.«

»Nein. Pfui. Igitt, Ich kann gar nicht hinsehen!« Kippten die Jungs in gespielter Ohnmacht in den Sand. »Du solltest wenigstens die Haare aus dem Trimmer pusten!«

»Keine Rennstreifen!« Andi verzweifelte. Gwen stellte sich über ihn und legte seine Hand auf ihren frisch getrimmten Kopf.

»Fühlt sich gut an. Nicht wahr?« Ihr Freund nickte bloß. Sie lockte das Schaf mit sich und außer Hörweite fügte Andi hinzu:

»Sieht aber scheiße aus.« Darauf nahm er einen tiefen Schluck. Tom brauchte ebenfalls mehr Bier, denn nun ging es Türmchen an die Wolle. Gwen und Marv drehten und wendeten das Schäfchen.

»Wollt ihr es schwindelig machen, damit es sich von allein auf den Arsch setzt?«

»Vermutlich suchen sie den Henkel«, ergänzte Andi und schaute zu, wie Marv den hinteren Teil des Tieres studierte.

61

Er schoss ein Foto und reichte es Tom.

»Nur für den Fall, dass es morgen ›Määäh, too‹ blökt.«, fand er seinen Humor wieder. »Jetzt wird´s ernst!« Tom und er stießen einander an. Marvin setzte einen Stift auf der Wolle auf, drückte leicht, um noch einmal die Wollstärke auszuloten. Der Stift versank. Marvin tastete das Tier ab.

»Hast du den jetzt echt verbummelt?« Selbst Gwen konnte sich das Lachen nicht verkneifen.

»Der taucht schon wieder auf!«, Marvin zückte einen zweiten, dicken Marker, mit dem er einen Pfeil auf das Areal malte, an dem er den ersten Stift vermutete.
Das Lachen erstarb, eine unheimliche Stille erfüllte die Wiese, als Marvin den Haartrimmer in die Höhe reckte.

»Wie Excalibur. Frisch aus dem Stein gezogen«, fielen die Jungs sich schreiend in die Arme. Marvin setzte an und Gwen beruhigte das Tier. Tom hielt den Atem an. So lang, bis er das erste Wollbällchen davonfliegen sah. Der Trimmer surrte und immer mehr Filz löste sich.

»Der holt die Füllung aus deinem Plüschtier!«, frotzelte Andi und Tom robbte näher ans Geschehen. Marvin traten die Adern auf den dünnen Armen hervor, sein Kopf war feuerrot und das T-Shirt klebte ihm am Oberkörper an. Selbst der Trimmer schien zu kochen. Marvin hielt inne und drehte sein Werk zu den Zuschauern.

»Du Schafschänder!«, kreischte Tom.

»Eine ebene Fläche, zum darauf Sitzen, damit es uns nicht wegkullert«, beharrte der Schlacks. »Oder wisst ihr, wie man das sonst verhindert?«

»Habt ihr das Video nicht mit Ton geschaut?« Marvin erklärte den Wert seines Werkes. Er zeigte auf die gerade weggeschnittene Scheibe Fell, aus der das flauschige

62

Schwänzchen hing. Tom sah bloß einen guillotinierten Schafhintern, an dem etwas zuckte.

»Und jetzt arbeitest du dich weiter vor?«

»Erstmal warten.« Marv wischte sich über die Stirn. Er hatte bereits keine Lust mehr. Zum Dank ließ Türmchen einen Schauer aus Kotkugeln in seine Boots regnen. »Na, toll! Ich hab aber eine andere Idee!«

»Es findet dein Werk auch beschissen.«

»Apropos Scheiße. Bin gespannt, was das wird!« Tom sah den kleinen Fiat auf sie zukommen. Er lag tiefer als sonst.

»Die hatten wir damals noch übrig. In der Filiale passten die nicht und Beatrix ist ziemlich froh, wenigstens eins davon loszuwerden. Ich hatte die Wahl zwischen dem Himalaya mit dem Nanga Parbat im Zentrum oder diesem hier.« Liz entrollte das Plakat mit Überbreite und entblößte einen der schönsten Ausblicke auf eine Meeresbucht, die Tom je gesehen hatte. Der Sonnenschein tauchte das Mittelmeer-Panorama in ein weiches Licht, das sofort das Gefühl von Entspannung in ihm erweckte. Tom hätte am Liebsten auf einer der Dachterrassen Platz genommen und jede Wölbung der umliegenden Berge studiert, bis ihn der Klang der Wellen dazu verlockte, mit Liz einmal mehr in den Sonnenuntergang hinaus zu schwimmen.

»Ich wusste, du würdest es mögen. Anrühren!«
Tom klatschte eine Tüte in den Bauch, der nichts gegen ein weiteres Sandwich oder ein Tütenfresschen einzuwenden gehabt hätte. Stattdessen hielt er Tapetenleim in den Händen. Er grinste und seine Freunde entluden den Fiat.

»Dazu sage ich nichts«, bemerkte sie Türmchens nackten Hintern. »Aber das ist falsch!« Tom senkte den Kopf.

»Mach´s nochmal, Pfadfinder!« Andi stülpte ihm eine weitere Decke über.

63

Während der Tapetenleim quoll, hatten die Mädchen den Jungs gezeigt, wie man eine Bude aus Decken baut. Die Jungs hatten sich die Bodenplatte neben der Garage vorgenommen und einen Spalt geöffnet. Mit übrigen Brettern und Stangen hatten sie ein Klohäuschen gebaut, das Marvin ›Pipitipi‹ taufte und mit einem echten Toilettenbecken krönte. Ab da fragte sich niemand mehr, was der Kerl alles in seinem Auto herumfuhr, aber Tom hatte die leise Ahnung, dass Liz auch ihm angeboten hatte, die Garage als Mülldeponie zu nutzen.

Zur Einweihung hielt Andi eine stockende Rede, von einer Erschaffung im Angesicht von Blut und Schweiß, bis ihn Gwen anflehte, es hinter sich zu bringen. Andi zielte auf die Stelle, an der er den dicksten Balken vermutete und schmetterte eine Bierdose gegen die Planen des Tipis, das aufschrie.

»Hey! Feuer einstellen!« Marvin sprang mit erhobenen Armen und hängender Hose heraus. »Das gute Zeug könnt ihr doch nicht so rumwerfen!« Die rote Beule am Kopf kratzend, widmete sich Marvin seinem Spezialauftrag und trabte davon. So hievten sie das Panorama zu viert in Position und klebten es an. Lisa wirkte hochzufrieden, wie es über dem Wasserbecken und ihrem persönlichen Sandstrand prangte und Tom stellte den Tisch genau unter die neue Glühbirne. Es war eine ganz Besondere. Keine moderne Energiesparlampe. Im Gegenteil. Es war eine uralte Gelbe aus dem Partykeller seines Vaters, unter der er und Liz sich zum ersten Mal geküsste hatten. Gwen seufzte, als Liz ihr erklärte, was es damit auf sich hatte.

»Alter Softi!«, stieß Andi seinen Kumpel an. Er beeilte sich, aus dem beengenden Betonkasten wieder ins Freie zu kommen. Da traf ihn Gwen mit einem Klumpen Matsch im Nacken. Ihre erhobenen Zeigefinger kippten zur Seite und deuteten auf Liz.

64

»Das ist hier so brauch!«

»Soso, ihr habt also euer eigenes Land gegründet?« Die Männer rauften. Tom klemmte ihn sich unter den Arm.

»Vielleicht nicht gleich Land, aber ein Örtchen.« Er nickte zum Spaß zum Pipitipi. »Oder Inselchen. Willkommen auf ›Abwegig‹!« Damit standen sie vor Türmchen, der Marvin mit großen roten Lettern ›Lifeguard‹ in die Wolle geschrieben und sie mit Schwimmflügeln versehen hatte.

»Was sagt ihr dazu?« Er hielt eine weitere Schwimmhilfe in den Händen und zuckte wie wild durch den Sand.

»Die Tracht und der Stammestanz der hiesigen Eingeborenen nehme ich an«, beugte sich Andi zu Tom.

»Zünftig, Marv! An deiner Stelle würde ich jetzt aber wegrennen!« Tom wusste, dass es schon zu spät war. Mit einem Satz stand Liz neben dem einen Kopf größeren Kerl, entriss ihm den Rettungsring und drosch auf ihn ein.

»Was hast du mit meinem Schaf angestellt? Ist das Marmelade?«, trieb sie ihn um Türmchen herum.

»Marker. Reg dich ab!«

»Bring das sofort in Ordnung!« Damit stülpte sie ihm den Ring bis zur Taille über, zerrte ihn am Seil mit sich und drückte ihm das Schergerät in die eingeklemmten Hände. »Mach!«

»Aber Liz«, wedelte er mit dem extrem kurzen Teil seiner Arme, der noch frei war.

»Er sieht aus wie eine Comicfigur. Fehlt nur noch der herabfallende Ambos«, frotzelte Andi.

»Den hat er sicher auch noch irgendwo in seinem Wagen.« Andi fing Liz ein. Die Arme fest um ihre Taille geschlungen, trug er sie zum Rest der Gruppe, die sich zu Marv in den Sand gesellt hatte. Gwendolin balancierte ihr Smartphone auf dem Grillrost aus und wartete, bis auch Türmchen im Bild war.

65

»Das muss ich einfach posten!«, sauste sie zu Liz und drückte sich an ihre Freundin, die beim dritten Klick wieder bis über beide Ohren strahlte. Tom wagte es und lies sie los. Sie eilte zu Gwen, um ihr Anweisungen für die Bilder zu geben.

»Ich brauch jetzt was zum Essen!« Andi verdrückte sich an den Grill, wohlweislich was nun folgte.

Tom entfesselte Marv und gemeinsam griffen sie sich Türmchen. Die beiden drehten und wendeten das Tier, bis Tom es anhob und auf den Hintern setzen wollte. Dabei stolperte er über Marvins große Füße und beide landeten mit dem Gesicht im Sand.

Gwen und Liz setzten sich zu Andi an den Grill.

»Das ist ein tolles Teil«, streichelte Liz das gebürstete matte Aluminium. Andi hob die Grillzange wie ein Zeremonienmeister.

»Der Deluxe ...«

»Türmchen kippt!« Liz und Gwen sprangen auf.

»Alles okay?« Genervt verschränkte Andi die Arme.

»Ja, ja. Alles bestens.« Marvin keuchte am Boden und mühte sich ab, unter Tom und dem Schaf eine entspannte Pose einzunehmen.

»Sag mal, Andi, ist bei dir eigentlich was nicht Deluxe oder Special Edition?«, versuchte Tom, von seinen vergeblichen Versuchen abzulenken, mit dem Schaf im Arm auf irgendeine Seite zu rollen. Marvin keuchte, doch er kam Andi zuvor.

»Klar, seine Burger. Die schmecken wie von der Tanke.«

»Wo er recht hat ...« Gwen eilte den Jungs zu Hilfe, doch Liz war es, die Türmchen um den Leib packte und auf ihrem abgeflachten Po setzte. Das Schaf schlingerte, doch diesmal hielten sie von allen Seiten fest und Marv fuhr mit dem Haarschneidegerät in langsamen Bewegungen darüber. Ein Pfeifen

66

erklang. Etwas Spitzes spritzte durch die Luft. Es schoss davon und dellte Andis makellosen Grill ein.

»Hey, mein Stift!«, strahlte Marvin.

»Fertig?« Andi war angepisst. »Das Essen ist es.«

»Ich bin mir nicht sicher.« Die Gruppe wich einen Schritt zurück, um Türmchen Sand und Wolle abschütteln zu lassen. »Das sieht komisch aus.« Marvin verrenkte sich den Hals. Alle starrten sie dem Schaf zwischen die Vorderbeine.

»Wenn du dich an die Feinheiten traust, nur zu!« Er drückte Liz das Schergerät in die Hände. »Ansonsten bleibt das so. Ich muss nur noch eine Sache richten, sonst irritiert mich das zu sehr.« Damit stapfte er durch die Wolle davon zu seinem Wagen und zog ein Stückchen roten Stoff aus dem Handschuhfach, band es dem Schaf um und präsentierte der Gruppe sein Werk.

»Ach, herrje!« Andis Mine heiterte sich kein Stück auf. Kopfschüttelnd betrachtete er das Schaf, dem zwei pralle Wollkullern aus dem Bikinitop quollen. Zu seiner Überraschung war es Tom, der den Zeigefinger hob:

»Das bringt mich auf was, das ich unbedingt tun muss.« Damit rückte er sich die beiden Frauen zurecht, damit sie ihn in sexy Posen umringten und drückte sich fest an Türmchen, damit Marv sie fotografierte. Kaum das der ihm das Smartphone zurückwarf, stand es auch schon auf Toms Seite mit dem Slogan, dass sein Harem echt Schaf sei.

Beim Essen checkten sie die Reaktionen auf das Bild und Tom suchte speziell nach einer Botschaft von dem vorlauten Norman, doch zu seiner Enttäuschung, hielt der sich zurück. Tom erklärte es seinen Freunden und aus dem Gelächter ragte Marvins Stimme am lautesten hinaus:

67

»Hey Liz, das Schäfchen hat eine schmalere Taille als du.« So wie Liz der Hähnchenschenkel aus dem Mund auf den Pappteller klatschte, schoss Marvin empor, dicht gefolgt von einer Brünetten, die ihm mit einer riesigen Pfeffermühle schwingend nachlief.

»Zeit für deine Geschlechtsumwandlung, Marvin! Ich werde auch ganz zärtlich sein.« Fauchend verschwanden die beiden in der Dämmerung.

»Was ihr nicht alles im Auto habt. Alle Achtung!« Tom bedachte die silberne Kiste auf Andis Pick-up mit einem anerkennenden Nicken, in der er seine Grill-Utensilien mit sich rumzufahren pflegte. Gwen schaltete die Lichterketten ein, die um sie herum im Sand lagen und folgte den Landelichtern in Andis Arme.

»Was hast du denn so im Auto?«

»In letzter Zeit? Schnodder und ein Schaf.« Tom drückte sich an das Schäfchen. Mit zaghaften Schnitten befreite er sie von den überflüssigen Kugeln. »Früher hatte Liz ihren halben Schuhschrank in dem Teil untergebracht. Sie war viel unterwegs und so hatte sie immer das Passende dabei. Das ging so lange gut, bis mal so eine Keilabsatzsandalette unter ihre Kupplung rutschte und sie den Gang reinhaute. Sie hätte fast das Getriebe geschrottet.«

»Über was redet ihr?« Liz schlenderte schnaufend zu ihnen und senkte die Waffe.

»Deinen Schuhtransporter.«

»Ach, der ist der Regenmontur gewichen«, überraschte sie Tom, der einen Kuss bekam. Liz streichelte zum ersten Mal Türmchen, das sich gleich zu ihr beugte und sie beschnüffelte.

»Wo ist Marv?« Sie sahen sich um. Es war dunkel geworden und von dem Schlaks nichts zu sehen.

68

In unmittelbarer Nähe raschelte es.

»Das wird er sein.« Tom konzentrierte sich auf seine Hände. Sie balancierten Türmchens Wollbrüste. Nur eine letzte Strähne fehlte, um sie ihr vom Leib zu schaffen. Er schnitt. Die Brüste landeten samt Bikini im Sand.

»Da haben wir sie!« Tom riss den gefüllten Bikini triumphierend empor. Zwei Kinder vom Dorf standen erstarrt vor der Gruppe mit dem Grill. Ihre Blicke klebten auf Toms Händen.

»Hi Kids! Was macht ihr so spät noch hier?«

»Wir wollten dem Schäfchen gute Nacht sagen«, stotterte der Junge.

»Sag auf Wiedersehen, Lammfilet!«, schwang Andi die Grillzange zwischen Türmchen und den Kindern hin und her.

»Du kannst so ein Ekel sein!«, traf ihn Gwens Ellbogen in den Magen, doch die Kinder waren bereits weggelaufen.

»Aber einer mit einem erlesenen Geschmack.« Andis blasiertes Grinsen frustrierte Tom. Er hatte keine Lust, es sich mit den Dorfbewohnern zu verscherzen und das Schaf war ihm schon jetzt, sympathischer als er. Das Wort »Ekel« brachte Tom auf eine Idee und es wäre nur fair, Andi den Appetit zu verderben.

»Magst du von den Pilzen erzählen?«

»Nein, nicht wirklich.« Liz war nicht bereit, ihren Freunden alles zu offenbaren. Allein bei dem Gedanken schüttelte es sie und Toms Plan war durchkreuzt.

»Pilze? Ihr habt euch den Trümmerhaufen doch nicht etwa während eines miesen Magic Mushroom Trips aufschwatzen lassen?«, blies sich Andi auf. Tom bemerkte, wie Liz etwas kleiner wurde. Er wollte etwas sagen, doch Gwen kam ihm zuvor: »Ach, komm! Mit Pilzen kennst du dich aus. Oder zumindest mit peinlichen Klassenfahrten, in denen die auch keine

69

unwesentliche Rolle spielten«, knuddelte Gwen ihren Freund durch.

»Wir sind ganz Ohr.«

Gwen wartete auf ein kaum merkliches Nicken und legte los.

»Abschlussfahrt. Wir hatten gerade das erste Mal die Pilze probiert und gingen auf die anstehende Nachtwanderung. Ich hab das Zeug überhaupt nicht vertragen und setzte mich heimlich mit meinem Durchfall in den Wald ab. Alles war unwirklich, ich hörte die Bäume quatschen und hätte mir vor Angst fast in die Hose gemacht. Allerdings hing die ja schon auf halbmast. Ich dachte, die Stimmen wären nur Halluzinationen gewesen, bis ich später wieder im Lager ankam und die Schuhe meiner Chemielehrerin sah.«

»Du hast ihr?« Liz hielt sich den Mund zu.

»Jupp, ich schiss ihr auf die Schuhe.« Aus Keuchen wurde Gelächter und Andi drückte seine Freundin. Nicht das er das musste, Gwen konnte gut über sich selbst lachen.

»Ich erinnere mich noch gut an ihren Schuhgeschmack. Glaub mir, danach sahen sie besser aus!« Andi drehte sich um. Da war etwas. Ein Keuchen näherte sich.

»Hörst du jetzt auch schon Gespenster?« Tom lachte, dann hörte er ebenfalls ein Rascheln. Sie sahen sich um.

Nichts.

Es war dicht am Boden. Dort im hohen Gras konnten sie es nicht sehen. Kriechend und schlängelnd zog es sich unter dem Pick-up auf die kleine Gruppe zu. Es hatte es auf die Beiden in dem Deckenzelt abgesehen, die kicherten und unaufmerksam wurden. Gleich war das schwarze Geschöpf bei ihnen. Mit einem Satz sprang es zu ihnen hinter die Decken und brüllte:

»Hey, 2 Meter Abstand halten!«

Das Paar zuckte kreischend zurück, dann packten sie zu.

70

»Du Arsch, Marvin!« Andi warf ihn sich über die Schulter und spurtete durch den Sand in die Garage.

»Nicht auf die Filteranlage!« Toms Mahnung kam zu spät. Mit einem lauten Platschen versenkte Andi Marvin im Wasserbecken und wusch ihm den Kopf. Liz rannte mit der Kamera in der Hand hinterher.

»Weißt du schon, was du mit eurem Schaf machst?«

»Ich könnte es grün färben«, zuckte Tom mit den Achseln. »Ich kenne ein paar Hecken, zwischen denen es gar nicht auffällt. Und wenn Marvin es streicht, werde ich es an eine Geisterbahn vermieten.«

»Wenn ihr irgendwas braucht, dann lasst es mich wissen! Du weißt, der alten Zeiten willen«, zwinkerte sie im zu und obwohl Tom ihr Lächeln erwiderte, kränkte ihn das Angebot etwas. Womöglich war es aber eher Andis Verhalten, der tropfnass und mit hochnäsigem Ton vermeldete, dass sie nach Hause aufbrechen müssten, da sich in ihm ein Griller jedoch kein Camper verbarg.

»Mit anderen Worten«, ergänzte Gwen. »Er braucht eine frische Unterhose.« Damit schob sie ›ihren Kleinen‹, wie sie ihn nannte, in seinen Wagen, drückte Liz und Tom die Leine des improvisierten Zeltes in die Hände und rauschte davon. Ohne die großen Autos wirkte die Weite wieder viel leerer. Türmchen folgte Marvin, der tropfnass in den Kombi kletterte, sich es dann aber doch anders überlegte und mit einem Bündel zurückkam. Ohne Worte nahm er Tom die Leine ab, hängte sie über das gegenüberliegende obere Garagentorscharnier und verschwand hinter den Decken.

»Hach, ich hoffe, die Farbe steht mir.« Er schleuderte die Decken zurück und gab weiter die Diva mit schriller Stimme. »In Umkleiden sieht mein Arsch immer so fett aus. Fräulein!«,

71

schnipste er nach Liz. »Bleiben sie hier stehen, für den Fall, dass sie mir eine andere Größe bringen müssen.« Liz suchte kopfschüttelnd die Leiter, die sie samt des Pipitipis zusammengezimmert hatten und stellte sie vor die Garage.

»Erster Stock: Schafsköpfe, Unterwäsche und Socken. Zweite Etage: Campingartikel und Dachterrasse.«

Marvin hörte es auch. Türmchen stand stocksteif im hinteren Teil der Garage und lauschte. Das war mehr als Frust darüber, dass Tom und Liz sich verdrückt hatten.
Er hörte es ganz deutlich. Ein Keuchen, das sich näherte.

»Leute?«, flüsterte er. Doch von oben kam keine Reaktion. Der hagere Kerl stapfte in die Nacht hinaus, klaubte eine der Lampengirlanden auf und schaltete sie ein. Ein Huschen. Kaum merklich. Marvin kniff die Augen zusammen und hielt die Lichterkette wie ein Schlangenbeschwörer über sich. Das Huschen war rechts. Es umrundete sie in weiten Kreisen. Marvin legte sich die Lichterkette wie einen Schal um und flitzte zu seinem Wagen. Gerade als er die Scheinwerfer einschaltete, erhaschte er noch einen kurzen Blick auf einen massigen Umriss, der sich in der Schwärze verlor, die ihn hinter den Lichtkegeln seines Autos umringte. Marvin rieb sich die Augen. Dunkel, hell, seine Pupillen hatten sich an nichts von beidem gewöhnt.
Er legte den Gang ein und fuhr den Kombi vor die Garagentore, bis der den Eingang völlig verschloss.

»Hey Leute! Zimmernachbarn?«, lugte er zwischen den Leitersprossen hindurch direkt in Toms schmatzendes Gesicht. Der erschrak.

»Hey, Vorsicht. Was machst du da? Es bricht sich die Beine!« Tom starrte in Türmchens Augen, die Marvin in seinen Armen mit sich die Leiter hinaufzog.

»Nope!«

Tom blickte über den Rand und sah, dass Türmchen bereits etliche Dellen in Marvins Autodach getrampelt hatte, was den jedoch nicht zu stören schien. Marv zappelte genauso.

»Dürfen wir bei euch schlafen?«

Tom erwachte unter zärtlichen Liebkosungen. Er stand darauf, wenn Liz ihm am Ohr knabberte, dann rollte er sich auf den Rücken und wartete, was sie noch mit ihm anstellen würde. Als nichts geschah, öffnete er die Augen und schaute in Liz´ amüsiertes Gesicht.

»Sollen wir euch allein lassen?«

Hinter ihm stand Türmchen und wedelte mit dem Schwänzchen.

»Was zum ...« Tom pulte den Schafsabber aus seinem Ohr.

»Ich glaub, sie muss mal Gassi.« Liz deutete nach unten. In Tom sträubte sich alles, doch er hatte keine Wahl. Er schleuderte die Decke gegen seinen Kumpel und sackte das Schaf an.

»Ist das geil!« Marvin saß auf der Kante des Garagendaches und ließ die Beine baumeln. Er war seit dem Sonnenaufgang wach und studierte seine Umgebung. »Fast wie eine Bühne.«

»Würdest du mir vielleicht mal helfen?« Tom stand zappelnd auf der Leiter, auch er musste dringend pinkeln. In gewohnt gelassener Art manövrierte Marv ihm das Schaf in die Arme. Anscheinend hatte sein Kumpel schon wieder vergessen, weswegen er letzte Nacht zu ihnen hinaufgeflohen war. Aber was für eine Scheißidee das gewesen ist, das Tier mit hinaufzuwuchten, darüber wurde Tom nicht fertig.

»Wie hast du das nur geschafft?«

73

»Machs doch wie ich und nimm das Autodach zu Hilfe.« Marvin zuckte die Achseln, hielt Türmchen aber weiter fest. Es baumelte über den Rand. Tom stieg aufs Dach, reckte die Arme empor, rutschte aus und fiel auf´s Kreuz, genau in dem Moment als Marv die Kräfte verließen.

»Ah, danke. Das mache ich.« Türmchen landete auf seinem Bauch, machte einen Satz und war mit zwei weiteren am Boden, während Tom schmerzverzerrt den Daumen hochhielt.

»Kennen sie den Zeitpunkt, seit dem sie Blut pinkeln?«, verstellte Tom die Stimme und rollte sich vom Dach in den Sand. »Aber gewiss, Herr Doktor. Das war ein toller Sommerurlaub, sag ich Ihnen!«

Nach kalten Dosenravioli zum Frühstück, war es für Tom und Liz Zeit zu beichten. Tom wählte Großtante Mathildes Nummer und legte los: »Hi G.T. Matti, wir sind´s. Marv ist auch hier und lässt grüßen.« Sie horchten. »Hör zu Großtantchen, wir sind im Urlaub und naja, wir haben uns auf deinem Grundstück einquartiert«, auf der anderen Seite herrschte Schweigen. Tom gab sich einen Ruck. »Und wie soll ich sagen? Wir haben jetzt ein Schaf. Adoptiert. Als Haustier und ...« Tom kam nicht weiter, die alte Dame in der Leitung brach in lautstarkes Gelächter aus und auch Marv und Liz konnten nicht mehr an sich halten. Wie befreiend es war, die Fakten einmal laut auszusprechen. Plötzlich fühlte es sich gar nicht mehr so beängstigend an. Oder lag es an dem Lachen, aus dem sie alle nicht mehr herauskamen? Marvin schnappte sich das Telefon.

»Hey meine Pornoelfe! Ich wollte dich fragen, ob wir hier noch eine Weile bleiben können?«
Mathildes Lachen ging in ein Hüsteln über, sie hörte weiter zu.

74

»Ich weiß noch nicht genau, wie lange. Aber jedenfalls bis Donnerstag. Morgen gibts hier Sternschnuppenschauer zu sehen.«

Mathilde räusperte sich, dann kam für alle laut hörbar: »Habt ihr noch Platz für mehr?«

Für Marvin war das der Startschuss gewesen. Auch er führte ein eher merkwürdiges Telefonat.

»Marc? Ja, hier ich. Was geht? Ah, so schlecht. Dann kratz deine Überreste zusammen und pack das ganze Equipment ein.« Liz hörte deutlich, wie die schläfrige Stimme zu ihm meinte, Marv könne ihn mal an einer wenig sonnenbeschienen Stelle lecken, doch der unterbrach ihn sogleich. »Hey, jetzt zügel mal deine Euphorie! Bis gleich!« Damit war das Gespräch beendet, Marvin küsste das Schaf auf die Nase und sprang in sein Auto.

Liz, Türmchen und Tom schlenderten zum Dorf, um zu über-prüfen, ob dort tatsächlich ein Bäcker oder einer dieser alten Tante Emma Läden überlebt haben könnte. Stattdessen trafen sie auf Matuschek, auf dessen Dachterrasse Tom ein Teleskop entdeckte. Er nahm sich vor, immer daran zu denken, wenn er mit Liz auf dem Dach säße und sie weihten ihn ein, was sich anbahnen würde. Liz erwartete, auf dem langen Gesicht des Försters einen genervten Ausdruck zu sehen, stattdessen lächelte er.

»Scheint, als wärt ihr angekommen.« Er lud seinen Hund ins Auto, stieg aber selbst nicht mit ein.

»Erst, wenn wir einen Lebensmittelladen ausfindig machen und dann fehlt uns noch ein ganzer Haufen Stühle.« Matuschek deutete in eine Richtung und Liz folgte seinem Nicken.

75

»Wollen Sie uns bei der Gelegenheit nicht doch verraten, wo sich der Stromzähler versteckt?«, ergänzte Tom, der zur Garage zeigte. »Letzte Chance, bevor Marvin aufdreht und das Ding Ihnen um die Ohren fliegt!«

Der Förster grinste nur und lies sich in den Sitz fallen.

»Okay, wir gehen spazieren und halten die Augen offen!« Liz glaubte ein beiderseitiges Nicken zu sehen, doch vermutlich war sie es, die unter dem Schubsen und den Nasenstübern des Schafes schwankte.

Sie erkundeten die Gegend, die Matuschek ihnen gewiesen hatte und fanden einen Laden. Sonst nichts, wie Tom zu seiner Erleichterung feststellte. Sobald sie wieder in Sichtweite der Garage waren, erkannten sie deutlich, wie sich das Areal verändert hatte. Marvin war nicht allein. Vor der weißgetünchten Rückwand hockte eine kleine schwarze Gestalt, aber auch ferner um die zur Bühne und Leinwand umfunktionierte Garage wuselte es nur so vor Menschen.

»Menschen!« Tom ging das Herz auf. Die vergangenen Monate waren eine harte Zeit für jede soziale Person auf diesem Planeten gewesen. Er stürzte sich ins Getümmel. Den kleinen schwarzen Punkt schien das alles kalt zu lassen. Mit einer verbissenen Mine verkabelte er einige der Lautsprecherboxen.

»Hey Fisch, wie geht´s? Lange nicht mehr gesehen!«

»Hm, bis heut morgen hab ich überlegt, ob ich mich am eigenen Zopf aufhänge oder in ein Fass mit Öl setze und das Rauchen beginne.«Ohne aufzusehen, montierte Marc Fisch weiter am Lautsprecherboxensystem.

»Und wie hast du dich entschieden?« Tom versuchte Fisch schon seit Ewigkeiten eine Gefühlsregung abzuringen, doch der

76

Kerl sprach nicht nur monoton, er hatte schier das Patent auf Apathie. »Ist doch geil hier, nicht?«

»Siehst du die Gebäude dort hinten?«,pikste Fisch wie in Zeitlupe mit dem Schraubendreher in die Luft. »Marvin will, dass der Sound ihre Dächer abdeckt. Ich hab also zu tun.« Damit kehrte er zurück ans Werk. Tom riss ihm die Kabel aus der Steuerung und drückte sie Fisch in die Hände, der ihn zum allerersten Mal direkt ansah.

»Hey!« Selbst sein Protest schlich aus ihm heraus.

»Kein Tornado, nur ein laues Lüftchen! Verstanden? Fisch? Keine Hörstürze verursachen!« Fisch sah durch Tom hindurch. Der wusste nicht, ob die Botschaft heute noch bei ihm ankäme. Und selbst wenn, würde sie vermutlich nicht auf eine rege Nervenzelle stoßen. Marvin tauchte mit einer Sense in der Hand auf. Unter dem schwarzen Schopf schwirrten seine Augen umher. Mit dem dunklen Hoodie und der Shorts sah er aus, wie der Tot auf Latschen. Tom wies in die Gegend.

»Die guten Seelen auf diese Seite, die Schlechten auf die Rechte, bitte. Wenn du schon dabei bist.«

»Sehr witzig. Die ist für dich. Wir sollen den Rasen mähen. Ich hab keinen Bock darauf!«

»Mädchen gegen Jungs!«,brüllte es hinter ihnen. Liz hielt ebenfalls eine Sense und hatte sich ihren Grünstreifen bereits ausgewählt. Tom schnappte sich das Ding und unter den Anfeuerungsrufen der Dorfbewohner, legten sie los. Nach einem imaginären Abschnittsende übernahm ein anderes Pärchen von vielleicht 50 Jahren, die die Jungspunde alt aussehen ließen. So ging es weiter. Das Gras wurde um die Wette zusammengehakt. Die Kinder sprangen in die Haufen und versteckten sich mit Türmchen dahinter. Decken wurden aus-

77

gebreitet, Solarfackeln steckten die einzelnen Claims ab und ganze Sitzgarnituren wurden herbeigeschafft und eingedeckt.

»Wir brauchen noch mehr Stühle.« Schrie eine Frau unter Fischs ohrenbetäubendem Lärm auf. Liz hielt Türmchen die Ohren zu und Tom eilte zu den Boxen, zog die Stecker und verstaute sie in ihren riesigen Transportboxen, um sie als zusätzliche Stühle aufzustellen.

»Es sind immer noch zu wenige«, vermeldeten die Kinder. Sie flitzten um die Bänke, pirschten sich an Türmchen an, um es dann ganz sachte zu streicheln.

Da fuhren die Männer des Dorfes schwere Geschütze auf und luden Stücke von Baumstämmen ab.

»Der Strong-Men-Contest ist eröffnet!« Liz johlte mit ein paar Teenagerinnen laut auf, die die Männer anfeuerten, ihre Shirts auszuziehen. Sie klatschten, bis Marv sich seines warmen Sweatshirts entledigte. »Anziehen! Bitte wieder anziehen! Schnell, spendet denn niemand ein Shirt?«

»Gleich bricht er ab!« Ein paar Männer frotzelten über Marvins lächerlich dürre Gestalt, bis der den Vorschlaghammer weit über den Kopf schwang und mit Matuschek in Konkurrenz trat. Beide hämmerten Bretter und Pfähle in das Erdreich, die hinter den Baumstümpfen als Lehnen dienten. Selbst Liz gingen die Augen über, wie lang Marvin den Wettstreit aushielt. Schweißnass und mit bebenden Armen trat ihm jede Sehne im Oberkörper hervor, doch es war Matuschek, der den letzten Pfahl in den Boden trieb und das Spiel für sich entschied.

»Erlaubnis zum Krachmachen verdient?« Marvin reichte Tom den Hammer und lächelte erschöpft.

»Erlaubnis erteilt.«

Marv schnappte sich seine E-Gitarre und verschwand um die Garage. Ein lautes Platschen erklang. Türmchen ahnte, dass es

78

um ihre Tränke ging und eilte blökend hinter ihm her. Fisch starrte auf die Elektrik.

»Er sollte sie aus der Hand legen, oder er führt die Todesstrafe wieder ein.« Doch statt eines Knalles ertönte ein weiteres Platschen und Marvin nahm klitschnass auf dem Rand des Garagendaches Platz, von wo aus er mit Fisch ein paar Zeichen wechselte. Der verkrümelte sich hinter ein Elektroschlagzeug und legte mit einer ihm fremden Geschwindigkeit los zu spielen.

»Ha! Jetzt wissen wir, wofür er seine Energie aufspart.«

»Ja, Metallica«, verdrehte Liz die Augen. Tom sah, wie ›Saint Anger‹ ein paar der Dorfbewohner in die Flucht schlug und Marvin wechselte den Takt. Sie blieben stehen, die Kinder horchten und Marv spielte ›Nothing else matters‹ in den Sonnenuntergang. Tom filmte, doch Liz entwendete ihm das Telefon und kuschelte sich stattdessen in seine Arme, aber sie hielt weiter drauf.

»Nicht schlecht.«

Tom sah sich um. Die meisten, die ihnen heute geholfen hatten, waren von der Arbeit gekommen und scheuten dennoch nicht die zusätzliche Mühe. Sie alle blickten erschöpft aber glücklich zur Bühne und schließlich dämmerte es auch der manchmal so zickigen Frau in seinen Armen. Wie die anderen sang sie lauthals mit:

»... and nothing else matters.«

Die kompletten Aufbauten wurden genutzt. Die Schlümpfe liefen irgendwann über die Garagenwand. Ein Paar Leute schauten ihnen zu, als Tom den Kopf reckte. Auch Marv lag erschlagen in einem der Sitzsäcke, die sie aus den Grashaufen zusammengepackt hatten. Mit dem Gesicht nach unten und allen Gliedern ausgestreckt sah er aus, wie eine Leiche. Allerdings pflegten die sich nicht über Muskelkater zu beschweren. Türmchen trottete zu ihm und fraß das Polstermaterial unter seinem Gesicht auf.

»Danke, Süße!«, bekam er besser Luft und suchte das Tier, stöhnte bei der kleinsten Bewegung auf und beließ es schließlich bei Gebrabbel. Tom wachte hin und wieder auf. Gerade wenn eine ungewohnte Stille einsetzte, beunruhigte ihn das. Dann wälzte er sich umher, bis er ein neues Gesicht zum Beamer huschen und einen Film auswählen sah.
Die Nachtluft umwehte ihn und er roch Lisas Haar, in das er sein Kind bettete. Die Grillen zirpten und das Gras unter ihnen war weicher, als er es hätte je von einem Kinosessel behaupten können.
Ein Röcheln erklang und er fuhr hoch.

»Zu laut?« Ein großer Mann huschte verlegen an ihnen vorüber und suchte die Fernbedienung. Tom schüttelte wortlos den Kopf. Er sah, welchen Film sich das Paar ausgesucht hatte und grinste. Dann kuschelte er sich zurück ins Gras und fragte sich, ob Matuschek das mit seinem Teleskop auch verfolgen würde. Er lauschte Liz´ leisem Atmen. Sie murmelte etwas.

»Gar nicht so schlecht, was?«

»Barbados wäre schön gewesen. Alles ist besser als das hier«, schlief sie wieder ein und Tom fragte sich, ob sie sich je ganz auf etwas einließe, was nicht hunderten Normen entsprach. Mit diesen Gedanken lag er noch lange Zeit wach. Das Lachen war ihm vergangen.

80

Matuschek war spät nach Hause gekommen und auch jetzt ließ ihn der Lärm des Freiluftkinos nicht zur Ruhe kommen. Da war der Jäger empfindlich. Aber da war noch etwas anderes, das an ihm nagte.

»Komm schlafen, Schatz!«

»Geh schon vor, ich bin noch nicht müde und die Kids sind noch da draußen.«

»Halbgewalkte.«

»Wie bitte?«

»Sie sind über achtzehn, das heißt, sie sind schon lange keine kleinen Kinder mehr, um die du dich sorgen müsstest«, schlang die zierliche Frau im Nachthemd die Arme um seine Taille und wiegte ihn.

»Sie haben sich ein Schaf aufschwatzen lassen und nicht die geringste Ahnung von irgendwas.« Matuschek schnaubte. Seine Frau richtete das Teleskop auf die kleine Gruppe, stutzte und warf einen letzten Blick hindurch.

»Sie sind Schmutzfinken.« Sie gab ihm einen Kuss auf die Wange und zog sich kopfschüttelnd zurück.

In Matuscheks Gedanken entfaltete sich ein anderer Anblick. Er war mit Bopper um eine kleine Baumgruppe gegangen, als seinem Hund der Geruch zuerst in die Nase stieg. Er bog ein paar Sträucher zur Seite, hinter denen ein alter Trampelpfad zu einem verlassenen Hof führte und sah die provisorischen Kisten voll versifftem Stroh, Kot und verflohter Decken. Dazwischen lagen sie verstreut. Das Sonnenlicht offenbarte ihm jedes noch so winzige schauerliche Detail. Überreste von mehreren Hunden. Die Tiere waren nicht bloß entsorgt worden wie Abfall, sie wurden auch zerrissen. Einem kleinen Exemplar fehlte der Torso. Die Pfoten lagen verstreut in den Büschen, die Schnauze auf dem Pfad, alles dazwischen fehlte gänzlich.

81

Einem größeren Hund war der Kopf abgerissen und angefressen worden. Matuschek erkannte die Bissspuren sofort und legte Bopper an die Leine. Er sperrte ihn ins Auto und würde sich nachher um alles weitere kümmern, doch zuerst sicherte er das Areal ab, verständigte die zuständigen Stellen und nahm Proben. Er hatte viel zu untersuchen gehabt. Die Bilder der Hundekadaver gingen ihm nicht mehr aus dem Kopf, so sehr er ihn auch schüttelte, sie blieben bestehen. Und die Kids veranstalteten dort draußen eine Party.

Tag X kam und sie hatten alle verschlafen.
Matuschek musste das ganze Nest mit seiner Sternenguckerei angefixt haben, denn die meisten Erwachsenen hatten sich für ein extra langes Wochenende freigenommen, andere waren mit den Kindern einfach nicht wegen der ständig wechselnden Reisebedingungen weggefahren. Die Wiese um die alte Garage der Merker quoll über vor Leben. Tom hatte Liz im Gras schlafend zurückgelassen. Er kehrte mit Türmchen und einem frischen Eimer Wasser vom Bach zurück.

»Na, da wird jemand aber spät munter.« Eine Frau beugte sich zu Liz und grinste. Ihre Freunde deckten hinter ihr ein paar Tapeziertische ein, die sie zu einem langen Buffet aufgereiht hatten.

»Guten Morgen!« Lisa putzte sich das Gras ab.

»Guten Mittag!«
Liz hetzte zu Tom und den Jungs. Sie beschwerte sich lauthals, warum man sie nicht geweckt hatte. Tom ließ sich nicht einfangen und zuckte die Achseln. Er hatte noch genug zu tun, bevor der Bus des Altenheimes ankäme. Selbst Marvin machte

82

sich nützlich.

Zusammen mit Tom schnitten sie den Rettungsring auf und legte ihn Türmchen um, bestrichen ihr Ohren und Nase mit derselben Sonnenmilch, die schon Marv die Optik eines Vampirs verpasste und hielten die Kinder von der Ausrüstung fern. Marc Fisch tat das Übrige.

»Sind Sie ein echter Musiker?«, näherten sich ihm zwei Knirpse und schauten mit langen Hälsen über seine Schulter.

»Nur wenn ich spiele.«

»Das ist klar.« Die Kinder sahen einander an und verdrehten die Augen. »Können Sie uns zeigen, wie man das macht?« Marc Fisch drehte sich mit der Geschwindigkeit einer schleimamputierten Schnecke beim Hindernislauf um und hielt ihnen die Technik und einen Schraubendreher entgegen.

»Zuerst löst ihr die Klemme, dann nehmt ihr den -«

»Nein, nicht das! Wie man spielt.« Ihre großen Augen blitzten über den selbstgebastelten Masken. Mark reichte ihnen die Sticks und wies sie an, Platz zu nehmen, er selbst nahm sich eine Bassgitarre und zupfte etwas, während er mit dem Gitarrenhals auf die jeweilige Platte zeigte. Es dauerte eine Weile, aber nach und nach klang es bekannt und einige Erwachsene reckten die Köpfe, klatschten und stampften, bis Marvin das Mikrofon checkte und Freddy Mercury imitierte.

»Dürfen wir mit Türmchen schwimmen gehen?«, versuchten andere, das Schaf mit in die Garage zu locken.

»Springt nur rein. Sie ist Bademeister und passt von draußen auf.« Tom wartete auf das Platschen und es kam, gefolgt von lautem Gekreische und Gelächter.

»Es ist also eine Sie?«, fing ihn Liz ab. Doch Tom schnitt sie.

»Jupp, hab kurz nachgesehen. Dachte, es ist gut, zu wissen, woran man ist.«

83

»Man bist du schnippisch!« Liz deckte weiter den Tisch. Tom beobachtete, wie sie ein Tischtuch aufschüttelte. Es sank herab, die Kinder hinter ihr tollten und quiekten und Liz verdrehte die Augen. Sie verteilte die Brotkörbe, die Leute sangen, Liz presste die Lippen zu einem schmalen Strich zusammen. Jemand sprach sie an, Tom sah Liz´freundliches Gesicht, sie drehte sich um und das Lächeln erstarb. Es versetzte Tom erneut einen Stich, zu sehen, wie sehr sie es hasste, hier zu sein. Wem machte sie eigentlich etwas vor? Oder was machte Tom sich nur vor?

Wenn sich selbst so ein Typ wie Fisch auf diesen Ort einlassen konnte, warum gelang es Liz kein Stück?

Kurz dachte er an Gwen zurück. War sie es damals doch gewesen und er nur zu gehemmt, sich darauf einzulassen? Der Bus hupte und zumindest Tom setzte sein strahlenstes Lächeln auf. Liz filmte und ganz sicher postete sie auch, wie Marv, Fisch und einer vom Dorf am Bass zu Kinderliedern übergingen und sie mit den Klassikern der Rockmusik kombinierten.

»Hey, lass das doch!« Marv legte sein Instrument ab und sah zum ersten Mal zerknirscht in die Runde der Neuankömmlinge, bis er das Objekt seiner Begierde ausmachte.

»Knuddeln und Knutschen!«, fiel er über G.T. Matti her, die er gar nicht mehr auf den Boden zurücksetzte.

»Kinder das sieht toll aus!« Langsam kletterte der Tross alter Leute aus dem Bus und zogen sich die Masken vom Gesicht.

»Sie hätten mal sehen müssen, wie es vorher aussah«, zeigte Liz einer Dame mit schneeweißem Haar die Bilder von Marvins Zeichenkünsten und deutete auf den Verursacher. Die Frau zögerte mit dem Klaps auf die Schulter, bis Marvin die Hände emporriss.

84

»Geimpft, gechipt, getestet, nur noch nicht entwurmt worden«, zwinkerte er ihr zu und fand ein ebenso lockeres Mundwerk.

»Weißt du, an was mich dein Gekrakel erinnert? An das Ziehen meiner letzten Krampfadern. Ich war auch froh, als die Dinger endlich fort waren.«

»Dann lassen Sie mich Ihnen mein jüngstes Kunstwerk präsentieren! Von dessen Existenz werden Sie begeistert sein.«, henkelte Marv sie ein und führte sie zum Pipitipi. Mathilde schnappte sich Liz und Tom.

»Dein Großonkel wäre stolz auf euch gewesen. Ihr habt das, was diesen Ort ausmacht, wiederbelebt. Dafür danke ich euch.« Tom wich Liz Blick aus und konzentrierte sich auf die letzten Passagiere des Busses, die sichtlich Hilfe benötigten. Tom nahm den Rollstuhl der zerbrechlich anmutenden Frau entgegen, deren Mann ihre Hände hielt. Mit einem starren Blick schaute sie durch alles und jeden hindurch. Ihr Mann Erwin hingegen war ein Ausbund an Frohsinn und Überschwang. Er stellte sich und seine Stella vor, trat auf ihren Rollstuhl und mit einem kräftigen Stoß rollerten sie in das bunte Treiben hinein.

»Wart´s ab Schatz! Zuerst lassen wir die Sau raus, wie wir das früher getan haben. Ich weiß, du erinnerst dich, aber lass dir nichts anmerken, hier sind Kinder anwesend!« Er zwinkerte seiner Frau verschmitzt zu. »Und später entführe ich dich an den schönsten Strand der Algarve. Du glaubst mir nicht? Du wirst schon sehen! Wir stecken die Füße in den weichen Sand und lassen die romantische Stimmung auf uns wirken.«

»Das wäre dann Leichenfledderei.« Sah Fisch dem Paar nach.

»Schlimm nicht? Sie reagiert auf gar nichts mehr.«

85

»Vielleicht richten es die Sternschnuppen!«

»Oh, wie süß, Fisch! Ich hätte nie gedacht, dass du ein naiver Romantiker bist, der an ›wünsch dir was‹ glaubt!«, zischte Liz ihn an. Fisch schaute sich behebe um.

»Ich dachte auch eher an Tod auf dem Klo. Statt vom Blitz beim Scheißen, dort vom Meteoritenschauer erschlagen zu werden.«

»Okay, mit dem reden wir heut nicht mehr.« Tom führte Mathilde weg. »Geh spielen, Marc!«

Musik spielte. Mathilde geleitete Erwin in die Garage. Tom und Marvin trugen Stella samt Rollstuhl an ihren Platz. Das musste man Liz lassen, der Tisch war wie von einem Profi arrangiert worden. Mit Blumen und Kerzen hatte sie das Gedeck ergänzt.

»Na, das ist doch was Feines, nicht wahr Schätzchen?« Erwin drehte sich im Sand. Er wartete, bis seine Angebetete am Tisch saß, erst dann setzte er sich. Eine der Pflegerinnen suchte den anderen Stuhl, Tom hielt sie auf.

»Gönnen Sie sich auch mal etwas Erholung. Sagen Sie mir einfach, worauf ich achten muss.«
Sie überlegte kurz, fing Mathildes Blick auf und nickte zurück.

»Kleine Bissen und alles vom Löffel reichen, damit sie sich nicht verletzt. Der Schluckreflex ist in Ordnung, aber bieten Sie ihr oft Wasser mit Strohhalm an.« Auf dem Weg nach draußen gab sie Tom noch weitere Instruktionen. Erwin sah den jungen Leuten nach. Sein Blick blieb an Mathilde haften, die den Türsteher gab. Seine Hände zitterten, als er die gedrückten Daumen in die Höhe hielt.

»Das wird schon werden.« Mathilde hakte Marvin ein. Beide gaben dem Ober den Weg frei. Tom kehrte mit zwei überquellenden Tellern zu dem Pärchen zurück.

»Meine sehr verehrten Gäste, erlauben Sie mir, mich Ihnen vorzustellen«, balancierte er durch den Sand. »Mein Name ist Thomá und ich bin heute Abend ihr Ober. Ich werde Ihnen jeden Wunsch erfüllen. Madam, e voilà. Der Herr. Darf ich Ihnen unseren Bademeister vorstellen?« Tom lugten Grasbüschel aus den Hosentaschen, denen Türmchen ihre vollste Aufmerksamkeit schenkte. Mit dem Rettungsring um die Hüften stakste sie um den Tisch. Tom stoppte und das Schaf gelangte an das erste Grasbüschel. Erde rieselte aus seinen Taschen, doch Tom überspielte es. »Das ist Türmchen. Wundern Sie sich nicht über ihre Manieren oder ihr eigenartiges Aussehen. Sie ist Nudistin«, Tom beugte sich so tief zu Stella herab, dass er beinahe gegen ihr riesiges Brillengestell stieß. »Und man sagt, dass ihr Vater mal was mit einem Königspudel hatte.« Keine Reaktion. Stellas Blick ging ins Leere.

»Zudem können Sie sie auch hervorragend als Beistelltisch nutzen«, stellte er sein Tablett auf Türmchen ab, die dem zweiten Grasbüschel nachsetzte und es fallen ließ. »Mon dieu, was für ein Tollpatsch! Du bleibst hauptberuflich besser beim Lebenretten.« Tom schmiss das Grasbüschel raus, dem Türmchen aufgeregt folgte, stehen blieb, einen abwägenden Blick in die Gruppe warf und dann doch langsam verschwand. Tom und Erwin zogen die Köpfe ein. Hatte Stella gerade die Augen bewegt? Tom wartete auf eine Reaktion.

»Schätzchen? Wie findest du es?« Erwin versuchte vergeblich, ihren Blick aufzufangen, dann gab er Tom ein Zeichen, sich zu setzen. Tom setzte sich eine Maske auf und zerdrückte das, was die Gulaschkanone ausgespuckt hatte zu einer breiigen Masse, um Stella zu füttern.

»Weißt du noch, wie lange das her ist, dass wir romantisch essen waren?«

87

Erwins Blick schien eher an Tom gerichtet. Er wischte sich eine Träne aus dem Augenwinkel. Tom setzte den Löffel ab und bedeutete dem alten Mann, dranzubleiben.

»Der Morgen, an dem ich dich das erste Mal sah, das war in diesem Strandkaffee, in dem du in den Ferien gearbeitet hast. Erinnerst du dich? Du warst gerade erst 17 geworden und hast den anderen Bedienungen so den Marsch geblasen, dass ich dachte, der Lade gehöre dir. Bis zum Abend habe ich gebraucht, um mir den nötigen Mut einzureden, dich um eine Verabredung zu bitten.«

Liz streckte den Kopf um die Ecke und lauschte. Tom zerteilte der Frau die Nahrung und führte es ihr behutsam über die Lippen, wartete und bot ihr nach jedem Schluck wortlos den Becher mit Strohhalm an. Liz und Marv verfolgten die wenigen Bewegungen, zu denen Stella fähig war.

»Wir waren dann in ein anderes Strandlokal gegangen.« Erwin legte das Gesicht in die Hände und starrte sie an, als würde er sich gerade noch einmal in sie verlieben. »Ich weiß noch, wie das Abendlicht in deinem Haar glänzte. Gott, warst du schön und dein Mund stand nie still. Ich weiß noch, wie du den Kellner zurechtgewiesen hast, als er mir von der falschen Seite aus servierte. Mir war das nicht einmal aufgefallen, aber dir entging nichts! Alles was ich mir dachte, war, worauf ich mich da nur einlasse, wenn dieses kesse Ding den Rest meines Lebens bestimmen wird. Und soll ich dir etwas verraten? Ich ließ mich auf das Beste ein, dass mir passieren konnte! Du fehlst mir, Stella!«

Tom wendete sich ab. Erwin sollte nicht seine feuchten Augen sehen. Es drehte sich hier schließlich nicht um ihn. Mathildes Griff wurde fester, Marv reichte sie an Liz weiter und verschwand.

88

Erwin winkte sie zu sich und Tom überließ ihr den Stuhl. Er blieb in der Hocke und tat so als wäre er gar nicht vorhanden, während Mathilde mit Erwin zusammen die Kennenlerngeschichte der Truppe erzählte und Liz für ein weiteres Gedeck sorgte.

»Weißt du noch, Stella, so ähnlich haben wir vier uns auch kennengelernt.« Mathilde rutschte etwas zur Seite, um Türmchen die Gelegenheit zu geben, den Tisch zu untersuchen. »Nur das mein Mann nicht darauf versessen war, die Tischdekoration zu fressen.« Tom atmete auf, dass endlich wieder Lachen die Garage füllte und sah, wie Marvin mit einer Akustikgitarre in der Hand zurückkehrte. Samt Schuhen stakste er in das Wasserbecken, um Abstand zu halten, und sang so gleich los.

»When the moon hit's your eye like a big pizza pie, that's amore!«, stimmten die Anderen ein.
Türmchen nutzte die Gelegenheit, um sich auf den Tisch zu stemmen, von dem Liz sie zurückzog und sich bemühte dem Text zu folgen.

»Na, ist das nicht was, Schatz? Ich glaub, das Schaf will von der falschen Seite abräumen, das wäre dein Einsatz, Stella!« Stella blieb stumm und regungslos. Mathilde schüttelte den Kopf.

»Alles gut, Liebes. Lass dir alle Zeit der Welt.«

»Ja, so schnell wird das hier nicht enden. Die Show spielen wir dreimal die Woche, mit je zwei Vorstellungen und mehr, wenn die Kritiken gut ausfallen«, hielt Liz Türmchen in Schach, die immer noch ganz versessen die Blumenvase anvisierte.

»Da, würde ich mich nicht drauf verlassen.« Toms Stimme war nicht mehr als ein Schnauben hinter der Maske.

»Was soll das denn bitte heißen?« Liz nahm Türmchen in den Schwitzkasten.

89

Das Schaf weigerte sich vehement, das Tischtuch auszuspucken. Es blökte, Marvin spielte unbeirrt weiter, von irgendwoher drang ein Klingeln hervor und Mathilde ermahnte die Kinder. Erwin hingegen bekam von alle dem nichts mit. Er griff Stellas Hände und suchte in ihrem Gesicht nach der kleinsten Reaktion.

»Nichts. Wie alles hier nichts bedeutet. Ich habe bloß gehört, dass es überall besser sei als hier.« Toms Blick, den er Liz über den Maskenrand zuwarf, durchbohrte seine Freundin förmlich. Fast fiel sie nach hinten um, fing sich und flüchtete mit dem klingelnden Smartphone am Ohr.

»Hi Dad, du störst nicht.«

»War klar, der Beschützer alles Genormten!« Tom sträubte sich, doch Mathilde schmiss ihn raus.

»Du kannst mir den Stick auch in den Briefkasten werfen. Ja, wir sind noch auf der Wiese.« Liz verdrehte die Augen, sah ihren Verfolger und drehte sich weg. »Ja, klar haben wir deswegen Stunk. Er hat was in den falschen Hals bekommen.«

»Das glaube ich nicht«, blaffte er so laut, dass Liz´Vater es mitbekam.

»Wegen des Schafes?«, brüllte es aus dem Smartphone. »Die Bilder hab ich gesehen. Sieht doch nach Spaß aus.«

»Das ist wohl ein Witz! Das ist ein riesen Problem!«

»Um das du dich nicht gleich sofort kümmer musst. Lass dich doch erstmal darauf ein, Kleines. Wer weiß, welche Ideen euch noch kommen«, fiel ihr die Stimme ins Wort und brachte Liz ins Straucheln. Sie ruderte mit den Armen und kreischte.

»Das ist nicht dein Ernst? Dad, ich dachte, gerade du würdest mich verstehen.« Sein kleines Mädchen klang flehend, doch er hielt mit lauter, fester Stimme dagegen:

90

»Ich verstehe dich besser als sonst wer. Eines Tages da kommt eine Zeit ... Ach, Liz, ich will nicht, dass du irgendwann zurückblickst und feststellst, dass du einen Antrag in dreifacher Ausfertigung ausfüllst, anstatt nochmal so richtig jung, dumm, wild und frei dein Leben zu genießen.«

»Das kann ich doch!« Liz verzog das Gesicht. Warum ließ er sich nur nicht überzeugen?

»Es bricht mir das Herz, meine Kleine, aber du benötigst schon jetzt oft eine Gebrauchsanleitung, um dich mal ordentlich zu amüsieren.«
Der letzte Teil war mehr als deutlich für alle hörbar, da die Musik endete. Sämtliche Gäste starrten die junge Frau an. Liz kam sich so verraten vor. Ausgerechnet ihr Dad, dem sie so ähnlich war. Die Wiese drehte sich und Liz stürmte davon.

»Du erschreckst die Kinder! Die Ersten rennen schon weg!«

»Die fürchten sich auch vor einem Grashüpfer, wenn Marv ihn anmalt!«
Tom sammelte ihr Handy auf, stellte einen Videoanruf zu ihrem Vater her, denn das musste er mit ansehen! Liz floh nicht etwa, sie entriss Fisch das Mikrofon und baute sich vor der Garagenwand auf.

»Sehr geehrte Damen, Herren und liebe Kinder, willkommen auf ›Abwegig‹! So haben wir unser kleines Refugium getauft, auf dem Sie sich alle befinden. Und das haben wir nicht etwa getan, weil einer der Gründerväter jemand ist, der sich schon mal beim Popeln den Finger gebrochen hat. Nein! Es heißt so, weil hier nichts und niemand so ist, wie sich andere es vielleicht wünschen«, ging der Seitenhieb an Toms Adresse.

»Ich stelle da keine Ausnahme dar und sicher, wir haben durch Corona alle gelernt, dass nicht die ganze Welt untergeht,

91

wenn nicht mehr alles so ist, wie wir es gewohnt sind oder es erwarten. Wie gesagt: Ich stelle da keine Ausnahme dar. Ich bin auch nicht mehr so, wie ich es von mir erwarte. Ich bin über den Lockdown hinweg fett geworden. Wissen Sie, woran ich das merkte? Ich lief nackt durch die Wohnung und Teile von mir rannten in eine andere Richtung! Dasselbe Prinzip wie beim Motorradbeiwagen.« Liz zwinkerte einem Mann in einem Harley Davidson Shirt zu. »Man selbst lenkt nach links, aber das Hüftfett strebt weiter der Fliehkraft nach geradeaus in die Küche!«

Fisch war der Einzige, der sich bewegte. Er rutschte hinter sein Schlagzeug und schlug einen Tusch. Und Liz nahm Fahrt auf.

»Für den Fall, dass Sie keine Comedy-Fans sind: Brennende Fackeln und Mistgabeln finden Sie hinter dem Pipitipi rechts.« Liz ganzer Körper wies zum Klo. Sie winkte dem Handy zu:

»Das Formular, um mich zu enterben, findest du übrigens in deinem Sekretär, unterste Schublade, gleich unter den karikierten Darstellungen wie Pornodarsteller das Einreichen von Steuerunterlagen missverstehen.« Liz rammte die Faust in die Luft und der Text flitzte nur so über ihre Lippen.

»Was mein lieber Vater nämlich nicht weiß, ist, weswegen ich es einmal beinahe nicht geschafft hätte, rechtzeitig zu einem Familientreffen aus dem Urlaub zurückzukommen. Ich hatte ein paar Probleme in den USA. Ich war im Knast.« Liz zog eine Schnute und die Achseln bis zur Nase. Marvin hörte das Handy plärren und starrte Tom fragend an.

»Warum weiß ich nichts davon?«

»Das war wohl während unserer kurzen Trennung«, antwortet Tom Liz´Dad.

»Ich hatte keinen Ärger wegen der Nachverzollung einiger XXL-Zahnpastatuben. Dort ist einfach alles größer! Mein Prob-

92

lem war transparenter als mein Kulturbeutel und größer. Kennt irgendwer das Roadmovie ›Vanishing Point‹? Ein Film für Kiffer oder die, die es mal werden möchten. Nein? Also der Film ist in etwa so sinnentleert, wie die Lebensgeister des Hauptdarstellers, der zu irgendeinem Punkt am Arsch der Welt fährt, um ...« Liz zuckte wieder die Schultern und wedelte, ein Wort suchend, mit den Händen in der Luft rum. »Ein Film, den ich mit meinem Freund ansah, von dem ich mich daraufhin unverzüglich trennen musste.« Ihr Blick streifte Tom mit einer gewissen Überlegenheit. Sie erwartete keine Reaktion.

»Der einzige Höhepunkt dieses Film, ist eine scharfe Blondine, die splitternackt auf einem Motorrad durch die Wüste fährt und die Seele baumeln lässt.« Liz´ Hände öffneten sich zu einer weit ausladenden Geste direkt vor ihren Brüsten. Einer der älteren Herren auf seinem Rollator lehnend, feixte sie an.

»Und da dachte ich mir: Ich bin in Vegas, ich hab auch Haare und ein Motorrad. Also sollte ich das auch mal probieren, bevor ich so alt bin, dass mir meine Möpse in die Kette baumeln.« Liz blickte wieder zu dem alten Mann und wehrte ab: »Stellen Sie sich das nicht bildlich vor. Das verfolgt Sie bis aufs Sterbebett!«

»Na, das wäre doch mal ein Grund den Löffel abzugeben.« Nickte der Mann. Die Menge lachte. Tom hörte Liz zum ersten Mal kichern.

»Auf eigene Gefahr! Ich zieh mich also aus, lege den Gang ein und zische mit nackter Haut unter der sengenden Sonne Nevadas entlang.« Liz schloss die Augen und breitete die Arme aus. »Hach, was soll ich sagen? Es war herrlich! Bis zum Rollsplitt!«
Eine Frau lachte glucksend auf und Liz nahm sie, auf Zustimmung wartend, ins Visier.

93

»Nun ist ja der Deutsche nicht zum Bremsen geboren. Sind wir mal ehrlich! Wir bremsen nur, wenn uns ein Einkaufswagen oder optional der Exmann quer im Radkasten steckt. Und das auch nur, wenn noch Alimente ausstehen.« Eine entschuldigende Geste, die Menge brüllte.

»Also noch während ich überlege, ob es dieser Bundesstaat oder ein anderer war, indem man Kühe sexuell belästigen darf, sowie sie im Bikini am Straßenrand stehen ... Hey, das ist wichtig! Aufpassen! Ziehe ich am Gas.« Liz ließ das Bild kurz wirken: »Meine Beine sahen aus! Ein Schlagloch neben dem anderen. Ich sah aus wie eine sächsische, innerstädtische Bundesstraße! Im Ernst, ich hätte in besagtem Sommer keine Straße in Hotpants überqueren können, ohne zu Presswurst verarbeitet zu werden, so gut getarnt war ich.«
Liz zeigte die vielen Punkte, an denen es ihre Beine erwischt haben sollte. Tom lehnte sich an einen Tisch und betrachtete seine Freundin mit einem Gesichtsausdruck, den sie zuvor noch nie bei ihm erblickt hatte. Überraschung.

»Ich habe ja ein Abkommen mit meiner Mutter«, winkte sie in Richtung ihres Telefons. »Fluchen nur auf Ausländisch. Und leise.« Liz musste selbst grinsen. Bisher hatte sie einen Ton an sich, durch den sich das Mikrofon im Grunde erübrigte. »Blöd nur, dass ich damals nicht im eigenen Land war. Der Stolz lässt mich hochschalten. Einschlagskrater bis zur A-Säule«, zeigte sie auf Höhe der Schultern. »Die Sonne versengt mir konsequent jeden Zentimeter zwischen Hirn und Hintern und ich lege voll los: ›You fucking damned son of a rolling stone groupie and a piece of shit. I blow you back into the stoneage ähm precambrium!‹ Die Polizeisirene hatte wirklich große Schwierigkeiten gegen mich anzukommen.« Liz simulierte ihren Sitz auf dem Motorrad und presste die Ellbogen vor die Brüste.

94

»Das Lungenvolumen vom Vater, die Möpse der Mutter, die Idee von einem Film. Ich hatte Glück nicht gleich auf Grund meines Stammbaumes verhaftet zu werden!
Fragt mich der Cop, ob ich wisse, weswegen er mich anhält.«
Mit riesigen Kulleraugen, verkniffener Schnute und schüttelndem Kopf, wand sich die kleine Brünette verlegen. Und in der nächsten Sekunde war sie neben dem Mikro und ein streng aufgerichteter Cop: »Ein Farmer hat uns von einer Frau auf einem Mottorad berichtet, die laut fluche und sein Vieh erschrecke.«
Lisa war wieder sie selbst, kniff die Augen zusammen und sah sich suchend um. Sie legte eine Hand über die Augen und schaute erneut in die Ferne; tat so, als hielte sie ein Fernglas vor die Augen, stellte die Schärfe ein und suchte ein weiteres Mal.

»Eine Kuh!«, hob sie beschwörend den Zeigefinger empor. »An einem so kargen und verdorrtem Ort, dass dort schon Rollsplitt offiziell als Lebensform gilt!«, brüllte Liz und zuckte selbst etwas zusammen. »Also doch eher Mamas Lungenvolumen.« Sie schüttelte sich erfreut. Tom fand sie befreit, wie sie zurück zum Thema sprang.

»Fragt der mich, ob ich wisse, dass das ein Vergehen sei. Officer ...« Liz Hände wedelten herum und deuteten endlose Weiten an. »Wir befinden uns im Nichts. Selbst Vakuum hat mehr zu bieten. Was zur Hölle frisst das Teil hier draußen?« Liz sah sich entgeistert um. »Sagt der doch: Nach dem, was die Kuh heute erlebt hat, wird sie wohl nie wieder etwas fressen!« Liz schaute hin und her, runter an sich, tat so, als säße sie nackt auf der Maschine und holte einmal ganz tief Luft, während sich ihr Gesicht zur Faust ballte.
Diesen Gesichtsausdruck kannte Tom nur zu gut.

95

Liz nahm den imaginären Polizisten ins Visier. Sie reckte einen Daumen empor und wedelte mit der Faust der anderen Hand wild herum. Toms Freundin sah aus, wie eine Trickfilmfigur, kurz bevor sie explodierte. Er ließ das Smartphone sinken, doch Liz war noch nicht am Ende. Gespielt rang sie um Fassung und wartete, bis das Johlen verebbte. Schmollend wippte sie auf ihren Zehenspitzen.

»Ich habe Hausverbot! In ganz Nevada. In die USA einreisen darf ich nur noch, wenn ich mich verpflichte, einen Maulkorb zu tragen. Und ich wurde von einer Kuh wegen seelischer Grausamkeit auf Schmerzensgeld in Höhe eines Bikinis verklagt!«, platzte es aus Liz heraus. Die Zuschauer brüllten. Marvin liefen die Tränen. Er hatte es sich wohl bildlich vorgestellt. Tom sah seinem Kumpel an, wie sehr er sich versuchte zu beherrschen, damit er sein Video ins Netz stellen konnte. Seine Hände zitterten, immer wieder lachte er auf.

»Konzentrier dich, Marv. Das gibt Tippfehler!«

»Da hast du in deinem früheren Job eine ganz Menge aufgeschnappt.« Marvin sah sie nicht einmal an. Er starrte zu seinem Buddy Tom, der vor lauter Nervosität Lisas Vater aus der Leitung drückte.

»Nö.« Sie warf Fisch das Mikrofon zu und griff nach ihrem Telefon. Auf dem interessierte sie nur der Familienchat, über dem das Wort ›schreibt‹ stand. Sie kraulte Türmchens Ohr, bis sie vier tränenlachende Smileys und doppelt so viele erhobene Daumen anfeuerten.

»Toll gemacht, Kleines!«
Erst jetzt fiel Liz die Anspannung der gesamten letzten Monate von den Schultern und sie konnte ihre Tränen nicht zurückhalten. Sie setzte sich in den Dreck, nahm das Schaf in die Arme und wartete auf den nächsten Act.

96

Tom ließ sich ins Gras sinken. Sie hatten beide andere Partner gehabt und Liz es offensichtlich krachen lassen. Ein wenig war er eifersüchtig auf den Kerl, wer immer der war. Das also hatte die ganzen Monate in Isolation zwischen ihnen gestanden und Liz gehemmt. Nun war da nichts mehr außer einem Schaf, das sie beide kraulten.

»Ich vermisse es zu streiten«, wehmütig senkte Erwin den Blick. Mathilde nahm ihn in den Arm, stieß ihn aber sofort wieder weg:

»Da war doch was, Erwin! Du hattest noch etwas mitgebracht! Was war das? Service!«, schnipste sie nach Tom. Der reichte weiter und Marvin nahm den Speicherstick entgegen und warf ihn zu Fisch, der ihn mit dem Laptop verband und das Bild über den Beamer an die Garagenwand schickte. Die Leute an den Essenstischen bedeckten die Lampen und es genügte, um eine jüngere Version von Erwin durch das Bild laufen zu sehen.

»Siehst du, Liebes? Das ist unser Junge.« Erwin beugte sich zu seiner Frau herab, richtete ihr die Brille und bedeutete ihr, auf die Garagenwand zu schauen. Stella starrte wie immer ins Nichts. Da drehte Fisch den Ton voll auf.

»Hey, wenn das ein Film ist, bekommt ihr aber richtigen Ärger mit der GEMA!«, meckerte eine raue, alte Stimme aus den Zuschauern. Die weißhaarige Dame, die Marvin kurz einer Führung unterzogen hatte, drehte sich auf ihrem Baumstamm um und drückte ihrer Freundin ihren Teller in die Hände. Sie musste sich abstützen, um über die hohe Rückenlehne aus Pfählen sehen zu können, damit sie auch den richtigen Störenfried zusammenschiss. Sie nahm ihn ins Visier und lächelte.

»Ach, du elender alter Anscheißer! Du immer mit deiner GEMA oder der GEZ. Geh eins zischen, rate ich dir und lass uns

97

unseren Spaß!«

Ein rundlicher Mann mit verschränkten Armen rutsche wie ein bockiges Kind in sich zusammen und brabbelte etwas, dass in dem Angebot von Erwins Sohn unterging:

»...deswegen Vati, Mutti: Kommt zu uns!« Sein australischer Dialekt war nicht zu überhören und gelegentlich vergaß er eine deutsche Bezeichnung für etwas, während er seinen Eltern den Ausblick auf ein stark bebautes Vorstadtviertel zeigte, dessen Häuser aber kaum einen Komfort missen ließen. Im Raum winkte eine hinreißende Frau in die Kamera, die den jüngsten Neuzugang der Familie gerade fütterte. Als das Baby laut rülpste, applaudierte die Menge hinter Stella und ein paar Frauen quietschten vergnügt auf. Erwins Enkelin von fünf oder sechs Jahren hüpfte ins Bild.

»Sie hat extra eine Überraschung für euch vorbereitet!« Ihr Vater trat zur Seite und überließ der Kleinen mit den rosa und braun gestreiften Socken das Wohnzimmer als Tanzfläche. Ganze 7 Minuten wirbelte und drehte sich das Kind vor der Linse und bei jedem Sprung und jeder anstrengenden Verrenkung verkündete sie, dass sie das extra für ihre Großeltern gelernt habe.

»Stella, sie hat unverkennbar dein Temperament!« Die weißhaarige Dame klatschte lauthals Applaus und die Bewohner des Dorfes schlossen sich an. Erwin schaute seiner Frau tief in die Augen. Im Hintergrund übersetzte sein Sohn die Aufrufe der kleinen Lilly, dass sie es kaum erwarten könne, mit ihnen zusammen zu tanzen.

»Na, was sagst du, Schatz? Bereit für ein weiteres Abenteuer?«

»Und was ist mit dir?« Mathilde half ihm, sich aufzurichten.

98

»Hier steckst du!«, brüllte es über die Köpfe der Leute hinweg. Alles drehte sich um. »Schön, dass ich das auch mal erfahre und dann nur über die Posts deiner Freunde! Nett! «, machte die Frau Marvin eine Szene.

»Wer hat Lady Macbeth gesteckt, wo wir sind?« Fisch schaute in die Runde, dann zu Liz, die wegsah.

»Schätzchen, könntest du warten, bis die Erwachsenen sich ausgesprochen haben?«, kam wieder ein amüsiertes Näseln aus der Reihe der Weißhaarigen.

»Halten Sie sich da raus! Wenn ich was von Ihnen hören will, rüttel ich an ihrem Sargdeckel!« Susanne war ihr Ärger anzuhören, sie scherte sich kein bisschen um die Zuschauer, ohne zu zögern, stürmte sie los um Marvin zu packen.

»Versuchs nur, aber die Männer haben gute Arbeit geleistet. Die sind genauso stramm wie das Holz. Da wackelt nix«, bedachte sie Matuschek mit einem anzüglichen Blick.

»Außer ein paar Schrauben vielleicht.«
Die Gäste der Feier buhten, doch ihr ungebetener Besucher wischte sich die Kommentare mit einer frechen Geste ab und pikste Marvin auf die Brust.

»Das ist also deine Antwort?«

»Du hast mich nichts gefragt!« Marvin schüttelte sie ab.

»Nein. Ich hab dir gesagt, was du tun sollst und du versteckst dich tagelang vor mir? Wie erwachsen!«

»Ja, du sagst viel. Aber du hörst nie zu. Das geht doch nicht.« Marvin suchte nach Zustimmung unter den Umstehenden. Vergeblich. Alle starrten ihn an.

»Du rechtfertigst dein Verhalten auch niemals!«, keifte Susanne ihn an. Schließlich zuckte Tom mit den Schultern und stellte sich an Marvs Seite.

»Alter, wir bräuchten schon ein bisschen mehr Kontext.«

99

»Ach, komm schon!«, schnaubte Marvin genervt, doch Tom blieb dran. Er konnte sich ein Lachen nicht verkneifen:

»Nicht ach komm! Sieh´s mal so: Jeder von uns hat hier schon etwas Verrücktes gemacht. Mir hat ein Schaf fast einen geblasen, Liz machte sich zum Narren, Türmchen hat zwei Trottel adoptiert und Fisch atmet vermutlich zum ersten Mal in seinem Leben Luft ohne Klebstoffdämpfe. Du könntest uns einmal etwas erklären.«

In Marvin arbeitete es. Das erkannte Tom an dessen geschlossenem Gesichtsausdruck und der einsetzenden Stille. Selbst Susanne wartete und schüttelte den Kopf. Sie würde es nicht erzählen. Tom beobachtete wie seine Großtante und sein bester Freund einander ansahen. Wie auf ein unsichtbares Zeichen fing er an zu erklären:

»Wegen der Pandemie und so war´s schwer. Selbstständige, Künstler, Musiker ... wir haben alle improvisiert, was anderes gemacht.«

»Marv hatte ein tolles Jobangebot erhalten und er soll ihn weiter machen. Auf sowas baut man seine Existenz auf, auf so etwas gründet man eine Familie und nicht auf ein paar unsicheren Gigs an den Wochenenden! Ich will, dass er die Musik aufgibt, mehr nicht!«, fiel ihm Susanne ins Wort. Er hatte ihr einfach zu lange herumgemehrt. Das sagte sie ihm auch und Marvin holte tief Luft. Die nächste Aussage strengte ihn an.

»Eine Familie gründen? Kennst du mich überhaupt? Hast du mir nur einmal richtig zugehört?« Marvins Stimme stockte kurz. »Ich bin keins dieser Kinder, dessen Eltern es zum Erlernen eines Instrumentes gezwungen haben. Wir haben vielleicht nicht viel gesprochen, aber singen und spielen, das war unsere Art uns auszudrücken. Wenn ich nach Hause kam, dann voller Freude darüber, dass mein Vater mir ein neues Instru-

100

ment vorstellte. Weißt du überhaupt, wie viele ich beherrsche? Sechszehn! Ich beherrsche sechszehn Instrumente.«

Tom hörte seinen Freund reden und fand sich in Gedanken an einem dieser besagten Nachmittage wieder. Marvins Mutter summte und bedeutete ihm, leise einzutreten und zu lauschen, wie sein Kumpel am Klavier eine Partitur übte, die der Vater Marv zuvor nur einmal vorgespielt hatte. Tom erinnerte sich an ihr Summen und ihre warmen Hände, als sie ihm ihre Lockenwickler in die Hand drückte. Wie sie ihn aufforderte, die Dinger mit ihr im Wechsel in einen Kochtopf zu werfen, um das Metronom zu ersetzen, dass sie beim Bolzen in der Wohnung einmal vom Schrank gefegt hatten. Tom hatte sich sehr bemüht, um genauso gut zu treffen wie Marvins Mutter. Damals als Kind glaubte er, dass diese Frau besser zielte als jeder Ninja. Wenn Tom sich anstrengte, erinnerte er sich noch an ihre Gesichter.

»Egal, wie schief meine ersten Versuche auch waren, meine Mutter hatte ein Lächeln«, Marvin erinnerte sich ebenfalls. Ihm kamen die Tränen. »Oh, man. Ich sag dir, dieses Lächeln ließ mich jeden noch so miesen Tag überstehen. Und mein Vater riet mir, dass wer immer das Talent besitzt, anderen Menschen die eigenen Gefühle erlebbar zu machen und sie zu berühren, der solle es pflegen und wann immer er kann einsetzen.«

Nun war Marvin in Gedanken an dem Tag angelangt, an dem die beiden bei einem völlig bescheuerten Verkehrsunfall starben. Er reckte das Gesicht in den Himmel, doch jeder sah, wie er vor Schmerz weinte.

»Schön und gut, als Hobby ist das auch völlig in Ordnung. Aber es bezahlt dir nicht deine Rechnungen.«

»Ich komme klar. Das tue ich schon eine ganze Weile.«

101

»Wir aber nicht!« Susannes Finger wedelte hin und her. Die Zuschauer reckten die Köpfe, ob sie auf ihren Bauch deute.

»Ich komme damit nicht klar!« Es war, als würde sie sich erst jetzt aller umstehenden Leute bewusst und fügte leiser hinzu: »Marv, du bist kein großer Künstler. Du hattest keinen Durchbruch und wirst ihn womöglich nie erreichen. Es tut mir leid, dir das zu sagen. Was hat man schon von einem Talent, wenn es einem nichts einbringt? Aber du hast mich!« Nun lächelte sie. Marvin schaute sie ausdruckslos an.

»Tut mir leid, dass du das so siehst. Dass du mich so siehst. Aber ohne Musik wäre mein Leben völlig leer. Ohne dich bin ich bloß allein.«

»Nicht mal das!«, rief Mathilde ihm zu und etliche Leute stimmten mit ein, bis zu letzt die ganze Meute Marvin anfeuerte.

»Du gestattest?« Tom und Liz schoben ihren Kumpel zurück auf die Bühne, wo Fisch bereits auf ihn wartete und den Takt schlug.
Susanne rief ihnen noch etwas nach und Fisch legte die Hand ans Ohr.

»Was? Tut mir leid, aber du weißt ja, wie wir Musiker so sind!«, schob er den Lautstärkeregler mit dem Fuß hoch. Zur Überraschung aller stimmte er ein tanzbares Lied an. »So, ihr Spanner! Jetzt muss jeder auf die Tanzfläche, der auf unter zwei Hüftoperationen kommt. Und achtete bei eurem Partner darauf, nicht auf das Zehenetikett zu treten!«
Bei Erwin und Stella blieb es beim Sitztanz. Von Liz war endlich alle Anspannung abgefallen. Sie steckte Tom ein Grasbüschel in die Tasche, parkte ihre Hand nicht auf seiner Hüfte, sondern auf Türmchens watteweichem Kopf und tanzte mit ihnen in die Nacht.

102

»Wie sich wohl Andi und Gwen die Sternschnuppen ansehen werden?« Tom merkte sofort, wie sich Liz von ihm wegstieß. Sie zog ihr Handy aus der Hosentasche.

»Ehrlich? Das ist mir völlig egal.« Zum allerersten Mal seit er sie kannte, schaltete Liz ihr Heiligtum aus. Sie sog die Nachtluft ein und strahlte im Schein der Laternen. Tom beugte sich zu ihr. Statt sie zu küssen, flüsterte er ihr etwas ins Ohr.

»Ist doch gar nicht so schlecht hier, was?«

»Hm, selbst wenn alles schief geht, ist es gar nicht sooo verkehrt«, verzog Liz das Gesicht.

»Mehr hole ich aus dir nicht raus oder?«

»Nö.«

Tom zog seine Freundin fest an sich und sie drehten sich im Takt einer Ballade, die Marvin ziemlich gut kopierte, wie Liz sich eingestehen musste.

»Ob wir Türmchen als Königspudel durchkriegen?« Liz schaute über Toms Schulter auf das Köpfchen, dass sie beide immer wieder anstieß.

»Keine Ahnung. Vielleicht als Puli, wenn wir sie nicht mehr scheren und ihr Dreadlocks drehen.«

»Dann eher als Industrie-Wischmopp.«

»Heißt das, wir behalten sie?«

Liz zuckte die Achseln und übergab sich der Melodie.

Die Laternen wurden gelöscht und die ersten Tänzer nahmen wieder zwischen den älteren Anwesenden platz. Sie mummelten sich in ihre Decken und starrten auf die Uhren. Gleich sollte es beginnen.

»Oh, nein!«, brüllte es auf und die ersten eingenickten Kinder rieben sich die Gesichter und schauten sich um. Dann schrien sie vor Enttäuschung auf.

103

Eine riesige schwarze Wolke breitete sich vor dem Sternenhimmel aus und stürzte das kleine improvisierte Örtchen »Abwegig« in tiefste Finsternis und Kindergeschrei. Die Gruppe erahnte nur, woher es kam, aber mehr und mehr durchdrang eine ihnen bekannte Stimme den Trubel. Auf ihrem Sitz ächzend drehte sich Ester, die weißhaarige Dame dahin um, wo sie Matuschek vermutete:

»Herr Waldmeister und Forst-Weg-Feger, es obliegt Ihnen, uns aus dieser Situation zu manövrieren. Sie wissen schon ...« Jemandes Handy strahlte den kantigen Mann an, der auf mehr Input wartete.

»Na, sie wissen schon! Sie geben den Befehl, wann wir alle ganz kräftig pusten müssen!« Tom wusste genau, dass sie das nicht ohne ein Augenzwinkern rausbrachte und Matuschek nickte so abgehakt, wie er den Leuten befahl, Stellung einzunehmen.

»Ich kann nicht fassen, dass er das macht.« Liz flüsterte, nahm aber Aufstellung.

»Wenigstens hält es die Kinder vom Quengeln ab.«

»Alle bereit?«

Die Menge raunte. Matuschek gab den Befehl und Kinder wie Erwachsene pusteten sich die Seelen aus dem Leib, um die finstere Wolke über ihnen zu vertreiben.

»Wiglaf nicht so doll, sonst fliegt dir wieder das Gebiss raus!«, nörgelte eine leise Frauenstimme mit Dialekt. Pusten wurde zu Prusten. Lachen. Alle gaben ihr Bestes und bliesen gegen die Wolke an. Erst schien es aussichtslos, aber keiner von ihnen mochte aufgeben und dann geschah es. Die Wolke zerteilte sich. Zwischen den letzten Fetzen des tiefsten Schwarzes blitzte es auf und Marvin begrüßte die erste Sternschnuppe mit bedächtigen Klängen.

Dem ersten Sternschnuppenschauer folgte ein zweiter noch größerer. Der Mond strahlte über ihren Köpfen und tauchte die staunenden Gesichter der Leute am Boden in einen sanften Schein. In den Augen der Menschen spiegelte sich das astronomische Spektakel. Ein paar schlossen die Lider, um sich etwas zu wünschen. Liz sah sich um, aber nur kurz. Das Schauspiel am Himmel zog ihren Blick wieder an. Nie zuvor hatte sie so viele glänzende Punkte am Firmament entlangfliegen sehen. Ihre langen Kometenschweife strahlten fast noch heller, wie sie dort oben in der Atmosphäre verglühten.

Niemand sagte ein Wort. Nur Marvin spielte leise Gitarre. Mit dem Gesicht zum Himmel gereckt, wirkte er völlig beseelt. Tom kannte die Melodie noch gar nicht. Er schloss Liz in seine Arme und hielt sie warm, bis jede Sternschnuppe an ihnen vorübergezogen war und Marvin die letzte Note verhallen ließ.

Es herrschte eine Stimmung wie im Kino, wenn sich die Saalbeleuchtung einschaltete. Leben kehrte in die Masse zurück, die auf ihren Plätzen starr verharrt hatte, sich räusperte und streckte. Eine Laterne nach der anderen flammte auf. Marvin saß auf der Kante des Garagendaches, sein Blick ragte ausdruckslos in die Menge. Er hatte es zuerst bemerkt.

»Ester, du kannst aufhören, meine Hand so fest zu drücken. Ester?« Die Frauenstimme stieß ein leises Gebet aus, bevor sie ihrer alten Freundin zuflüsterte. »Nein, Ester. Nein.« Der erste kühle Windhauch seit Wochen spielte mit dem weißen Haar, das über die Lehne ihrer Bank hing. Die schmalen Lippen zu einem sanften Lächeln verzerrt, schaute Ester noch immer gen Himmel, doch das Funkeln in ihren sonst vor Charme sprühenden Augen, war mit den letzten Sternschnuppen zusammen erloschen.

Zuerst schafften sie die kleineren, die lautesten Geräuschquellen weg. Das Areal leerte sich in einem befremdlichen Rhythmus. Die großen lärmenden Figuren verschwanden nie sofort. Immer wieder torkelten sie wie benommen an der langen Reihe entlang, die nach Essen duftete. Ein Mann des Dorfes beugte sich über eine Frau, die dann mehrere in den kleinen Bus hinter der Garage verluden. Eine weitere kippte um, wurde zu Nahrung.

Der dunklen Gestalt wurde ihr eigenes Keuchen in den Ohren zu einem tosenden Schrei. Es hatte Hunger, Schmerzen und wieder Hunger. Etwas brannte in ihr, wollte zu dem Trubel eilen und dort sein, wo das Fressen sich bereitwillig auf den Boden warf. Das Atmen zehrte bereits an den eigenen Kräften. Es drängte vor. Zu früh.

Zwei Menschen schoben etwas in den Bau, die vorher schon darin gehockt hatten.

Es war so neugierig. Es gierte danach, einen Blick auf all die Beute zu werfen, die sich dort vor ihr herumtrollte. Doch die Kreatur verharrte. Dann schlich sie in einem weiten Bogen um den Hügel.

Hinter dem Steinklotz verschwanden die Alten und Schwachen in dem ratternden Gefährt. Ein paar der Jüngeren kletterten mit zu der Leiche hinein. Sie brüllten.

»Wir wären dann voll.«

»Kein Thema! Ich bring die Beiden heim«, hob eine hohe dürre Gestalt den Arm. Dieser Krach! Er dröhnte in seinem Schädel wie Donner, dem ein Meer von Blitzen durch den Körper folgte. Seine Nerven lagen blank, seine Sinne überreizt, aber aktiv. In der Entfernung roch es das Erbrochene und das Tier, dort wo sie die stechenden Lichtpunkte einsammelten, die die schwarze Gestalt so sehr quälten.

106

Die Dunkelheit war ihr mehr als willkommen. Dank ihr sah es niemand durch die Stuhlreihen heranpirschen.

Fisch hatte Stella genau dort abgesetzt, von wo aus sie den Abtransport der Leiche nicht mit ansehen musste. Er verstand nicht, weswegen ihr Mann sich so um sie sorgte. Offensichtlich schnitt die Gute nichts mehr mit. Er hatte sie sogar auf ihren Platz zurückgesetzt, während ihr Mann ihr die Schuhe auszog und ihre Füße in den Sand steckte, damit sie noch eine Weile heile Welt spielen konnten. Fisch entzündete die Kerzen auf dem Tisch. An dem schrulligen Kandelaber hing Toms FFP2-Kaffeefilter-Modell mit einem aufgemalten, gezwirbelten Bärtchen. Er sah sich kurz um, zuckte in seiner gewohnt gleichgültigen Art mit den Schultern und hängte Stelle die Maske wie einem alten Kleiderständer über das Ohr und verschwand. Aber nicht ohne seiner Technik gute Nacht zu sagen.

Marvin packte die Instrumente ein, die Fisch zusammen mit Marvs Kofferrauminhalt in seinem Van verstaute.

»Wir sehen uns«, warf er Marvin die Autoschlüssel zu und knapp drei Meter an ihm vorbei, mitten vor die Garage. Der Van bretterte über die Wiese davon. Dem großen Dünnen steckte der Schreck noch in den Knochen. Mit tief im Sweatshirt vergrabenen Händen und zusammengezogene Schultern, schlurfte er langsam durch den Sand und stocherte mit den Turnschuhen darin herum, bis er ein Klimpern hörte. Marvin bückte sich und erstarrte.

Sein Puls raste. Sein Herzschlag trommelte in seinen Ohren. Mit weit aufgerissenen Augen fixierte er den massigen Keiler, der direkt vor Stella und Erwin in der Garage stand. Geifer tropfte von den gelben Hauern, die ihm aus dem schauerlich verzerrten Maul ragten. Sein Fell starrte vor Dreck und zuckte in

107

unregelmäßigen, heftigen Stößen. Das Atmen schien ihm schwerzufallen. Schaum stand ihm vor Maul. Mit wackelndem Rüssel näherte es sich Stellas Gesicht. Die kleine Frau regte sich nicht. Erwin hielt sie an sich gepresst. Er mühte sich redlich, seine bebende Hand vor ihr Gesicht zu schieben. Marvin schaute völlig regungslos zu, wie der alte Mann sich mit aller Kraft beherrschte. In Zeitlupe manövrierten seine Fingerspitzen das dünne Gummibändchen über ihr Ohr und wieder zurück. Gerade noch rechtzeitig bevor der Eber ausschnaubte und Stellas große Brillengläser mit einem Nebel aus Bläschen und Speichel bedeckte. Erwins Hände flatterten neben ihrem Gesicht, der Mann bebte vor Furcht und starrte Marvin an, wagte es aber nicht, sich noch einmal zu bewegen. Todesangst stand ihm ins Gesicht geschrieben. Der Eber keuchte und schnaufte und Marvin rannte weg.

Der Keiler warf den Kopf herum und brüllte. Erwin packte Stella mit beiden Armen, so fest er nur konnte, riss sie vom Stuhl und zerrte sie mit sich ins Wasser. Der Keiler zerschmetterte den Tisch. Die Kerzen entzündeten die Wandtapete und der Rauch drängte ihn zurück in den hinteren Teil. Entsetzliches Keuchen, ähnlich eines Fauchens entwich seinem brachialen Leib. Mit beängstigendem Abwägen schlich er auf das Rentnerpaar zu. Gleich würde er beißen! Erwin drückte sich gegen die Wand. Der riesige Kopf war kaum eine Handbreit von Stellas nackten Beinen entfernt. Er wartete. Da fielen sie vom Rand ins Wasser. Das Platschen war wie ein Schuss. Das Tier sprang vom Becken davon, als wäre das Wasser toxisch. Hinter ihm Feuer. Das Tier begann zu schnauben, scharrte, drehte im wahrsten Sinne durch und preschte los.

»Komm her!«, Marvin schlug mit einem Stock gegen die Garagentür und stürmte davon. Der Keiler zerschmetterte sie und flog Marvin hinterher. Der hetzte zum Toilettenzelt und machte sich bereit zum Sprung, da traf ihn ein gewaltiger Schlag und schleuderte ihn durch die Decken des Tipis. Schnell wand er sich in seiner Falle herum, sah, wie ein schwarzer Berg drehte und zurück auf ihn zudonnerte. Marv trat eine Latte weg, packte zu und ließ sich an der Metallplatte herabrutschen, ehe der Keiler ihn zermalmte. Mit kreidebleichen Fingern klammerte er sich fest, als ihn ein warm-feuchter Hauch berührte. Er zog die Hand weg.

»Arggh«, strengte er sich an. Mit einer Hand hielt er sich fest. Der Keiler nahm alles auf die Schnauze, schmiss es herum, biss in die Decken und Stäbe, keuchte, geiferte und ließ die Platte erbeben. Schnüffelnd stieß er in das Loch im Boden.

»Du stinkst!« Ein Zischen erklang. Der Keiler brüllte auf und schrak zurück. Er schüttelte den Kopf. Marvin gab ihm noch einen Hieb vom Duftspray. Das Brennen in seinen Augen ließ ihn durchdrehen. Völlig toll stürmte er los. Er hielt auf Tom, Liz und das Schaf zu, die von ihrem Gassigang zurückkehrten. Der Boden bebte. Das schnaubende Tier galoppierte auf sie zu. Tom sah den schwarzen Koloss und stieß Liz von sich fort.

»Geht zum Wagen! Verschwindet!«, trieb er Liz und Türmchen an. Wie von Sinnen rannte er los, auf das Biest zu, bewarf es mit den herausgezogenen Solarfackeln und lenkte es im großen Bogen um die Garage herum.
Die kleinen Blitze taten nicht weh. Bei den ersten zuckte es noch zurück, dann schüttelte sich der Keiler, stolperte, wich davon, drehte um und Tom rannte um sein Leben.

»Lauf!«, kreischte Liz das Schaf an. Sie hatte keine Zeit, Türmchen zu lenken. Wenn es ihr nicht folgte, war es verloren. Liz sah, wie die Lichter von dem muskulösen Tier abprallten. Noch nie hatte sie einen Menschen so schnell rennen sehen und Tom und das Biest kamen direkt auf sie zu. Lisa erwischte es. Sie krallte sich in die Wolle, schleuderte das Schaf in den Fiat, sprang hinterher und riss die Tür zu. Ein Schatten hechtete über das Dach. Tom. Gleich darauf erschütterte ein Aufprall das ganze Auto, der es anhob. Liz´ schlug mit dem Kopf gegen die B-Säule. Dann kippte der Wagen zurück auf alle vier Räder. Türmchen trampelte auf ihr herum. Benommen wischte sich Liz das Blut aus den Augen. Für einen Moment, wusste sie nicht, wo sie war. Da war eine Scheibe, direkt vor ihr, Blut und ein grausiger Schädel mit gelben Hauern schlug gegen das Blech wie eine zappelnder Fisch. Lisa schrie.

»Erwin! In der Ecke! Zieh den Stöpsel!«, kreischte Tom, der sich aus dem Sand strampelte und zur Vorderseite der Garage wetzte.

Matuschek konnte die Wagen nicht sehen, sie Standen hinter der Garage, genauso wie das Pipitipi oder viel mehr, das was noch davon übrig war. Tom drehte sich in Panik im Kreis, der Keiler kam. Nur von welcher Seite? Seine Turnschuhe tapsten durch ein Rinnsal, das sich stetig verbreitete. Erwin hatte ihn gehört! Doch was sollte er tun? Sollte er das Mikrofon ergreifen und laut nach Matuschek brüllen? Der Keiler griffe in der Zwischenzeit an. Und das Biest erschien. Keuchend und als ob es nicht wusste, ob es ihn auf der Stelle zerreißen, zertreten oder davonlaufen sollte, zuckte der Eber durch die Reihen der improvisierten Bänke. Duckte sich hinter den Lehnen, so als könne das kranke Vieh ahnen, dass es sich dahinter in Sicherheit befände und kam auf Tom zu. Der umschloss das Mikrofon und schlich vor dem zuckenden, bebenden Monster davon. Da brandete ein Hupkonzert auf. Dreimal kurz, dreimal lang und wieder dreimal kurz. Liz hupte um Hilfe. Das Tier schrie, verlor den Verstand. Es drehte und wand sich, geiferte und verzog den

Rüssel, als schnitte es eine Grimasse, bevor es losbrach.
Tom riss das Stromkabel aus dem Mikrofon und schleuderte es
in die Pfütze, ein lauter Knall zerschnitt die Luft. Der Keiler flog
über die Pfütze, setzte Tom nach. Er war aus der Deckung und
Tom sah ihn zu einem weiteren Sprung ansetzen. Da donnerte
es. Tom warf sich zu Boden. Ein zweiter Schuss brachte das Tier
zu Fall. Tom kauerte im Gras. Die Hände über dem Kopf schaute
er sich um. Er bebte am ganzen Leib. Das tollwütige Ungetüm
lag nur einen Meter vor ihm. Kratzend sog es seinen letzten
Atemzug ein, stockte, bäumte sich auf, zuckte und sackte
zusammen. Blut rann ihm aus einer Wunde neben seinem
linken Ohr und aus der Brust.

Matuschek hatte es erlegt. Tom drehte sich um. Der Jäger hatte
nur knapp an ihm vorbeigeschossen. Der Rotschopf brauchte
kurz, um auf die wackeligen Beine zu kommen.

»Scheißeeee!« Ein gedämpfter Schrei erklang. Und Tom
eilte zu Marvin, der im wahrsten Sinne bis zum Hals in der
Scheiße steckte. Der hielt noch immer das Raumspray in der
Hand.

»Ist es weg?«, sah Marv sich um. Tom nahm ihm das Spray
ab und dieselte ihn damit ein.

»Es ist tot.« Tom rutschte auf seinen Knien herum. »Liz?«
Husten. Sand knirschte. Erwin und Liz krümmten sich, der
Rauch, der aus der Garage drang, war beißend. Sie hielten
einander an den Händen, hatten sich Stellas Arme um die Hälse
gelegt und trugen die alte Dame so wie auf einem Stuhl ins
Freie. Erschöpft fielen sie neben Tom in den Sand. Jeder Versuch zu reden endete in lautem Husten. Die Tore der Garage
brannten lichterloh und eine Gestalt näherte sich ihnen durch
den Qualm. Stella starrte sie direkt an. Es war Türmchen, die
humpelnd auf die kleine Gruppe zustakste.

111

»Ich danke Ihnen.« Tom reichte Matuschek die Hand. Die AHA-Regeln der letzten Monate waren in diesem Moment nicht mehr wichtig. Die Sanitäter hatten Stella und Erwin Sauerstoffmasken aufgesetzt und Matuschek sie darüber in Kenntnis gesetzt, dass sie alle eine Behandlung gegen Tollwut benötigen würden.

Marvin zu reinigen, um ihn untersuchen zu können, bereitete ihnen mehr Schwierigkeiten und Tom nutzte die Gelegenheit, sich zu Erwin zu gesellen. Der hielt sein Smartphone in den Händen und sah aus, als könnte er jemanden zum Reden brauchen.

»Na, wie geht´s?« Tom linste auf das Display, das keinen Kontakt, sondern bunte Artikel und eine Landesflagge zeigte. »Australien also?«

Erwin bedeutete ihm, sich zu setzen. Er blickte an Tom vorüber zu seiner Frau. Liz tupfte ihr mit einem Tuch sanft das Gesicht ab.

»Wusstest du, dass die dort die giftigsten Tiere der Welt haben? Eine Qualle, winzig klein, aber tödlich. Da stelle ich einen Zeh ins Wasser und das war´s dann mit mir.«

»Dann wird es mal Zeit für etwas anderes als Strandausflüge«, versuchte Tom ein Lächeln. Er sah auf die niedergebrannten Reste der Garage im Sand und es verging ihm wieder.

»Das ist nicht alles. Auch Spinnen und Schlangen. Alles absolut tödlich dort unten.« Erwin winkte ab, nahm den Faden aber erneut auf. »Wie soll ich mich im Notfall verständlich machen? Oder Stella? Wie soll ich wissen, ob sie gebissen wurde? Sie wird´s mir nicht sagen!«

»Nicht aufgeben!«, flüsterte Liz.

112

»Ich sehe nicht mehr so gut, Liebes. Ich werde sie nicht mehr so gut beschützen können. Im Ernst! Letzte Woche erst habe ich drei Versuche gebraucht, um ohne Brille in meine Pantoffeln zu treten, bis ich bemerkte, dass ich die ganze Zeit Hedwigs fetter Katze in den Arsch latsche, die nicht einmal weggeht. Das Vieh ist so lästig.«

»Dann bleibt ihr hier?«, holte ihn Tom aus seinen Gedanken zurück. Erwin schnaufte erschöpft.

»Das letzte was ich will, ist Furcht in ihren Augen zu sehen.« Er schaute seine Frau an. »Ich glaube, das Schlimmste, was uns hier zustoßen kann, haben wir gerade erlebt.«

»Tut mir leid!« Tom verzog schuldbewusst das Gesicht. Seine Stimme war nicht mehr als ein Wispern.

»Was werdet ihr nun unternehmen?« Erwin schaute zu Türmchen. Das Schaf war von Liz versorgt und mit einem Halsband aus Verbandsstreifen an Stellas Rollstuhl gebunden worden.

Matuscheks Kollege vom Veterinäramt rief, was jetzt mit dem Tier werde. Er erklärte, dass es zu untersuchen, zu impfen und in Quarantäne zu halten, teuer und ein viel zu großer Aufwand sei. Von den rechtlichen Vorschriften ganz abgesehen. Tom senkte den Blick. Er konnte Liz nicht ansehen und Türmchen noch viel weniger. Die Vorstellung es zu töten, ließ ihn verzweifeln. Er suchte nach Rechtfertigungen, Ausreden oder irgendeinem Strohhalm.

»Wir hatten über die gesamte Corona-Zeit nur einen Vorsatz: Nicht in die roten Zahlen rutschen. Rein aus Prinzip. Wir stellten uns den Gegebenheiten mit der Aussicht, dass wir uns später mit Urlauben dafür belohnen können. Ich dachte bisher, dass es das sei, was ich brauche. Urlaub machen hieße gutes Essen, sich bedienen lassen, nur tun, worauf man Lust hat und

113

ein bisschen damit angeben.« Achselzuckend fügte Tom hinzu: »Und jetzt sieh dir diese Bande an!«

Matuschek lugte über die Köpfe der Anwesenden hinweg auf die kleine Gruppe. Marvin sträubte sich wie ein kleines Kind gegen die Lappen mit Desinfektionsmittel, auch er wollte es sehen. Liz strich Stella über die Handflächen, wobei das Schaf jede ihrer Bewegungen genauestens verfolgte. Türmchen schnupperte, wie um sich davon zu überzeugen, dass die junge Frau auch alles richtig gemacht hatte. Ihre weiche Nase stupste gegen die Handballen, sie legte ihren dicken Kopf in die Handflächen und Stella griff zu.

Tom spürte die Hände des alten Herren auf seinem Arm. Erwin war völlig ergriffen. Zitternd hielt er ihn fest. Er war völlig überwältigt und nicht in der Lage sich zu rühren. Alle schauten zu Liz, die Stellas Hand zum Streicheln führte und aufschrie.

»Sie macht mit!«

Erwin rang um Fassung, er hielt sich den Mund zu, denn jeder Versuch zu jubeln, brachte ihn unweigerlich zum Husten. Und niemand wagte dieses Ereignis zu unterbrechen.

Bis von der Seite der Amtsveterinär fragte, ob er das Tier nun mitnehmen könne.

Tom scrollte sich durch seine Kontakte, bis Gwens Name auf dem Display erschien.

Der Winterurlaub stand vor der Tür.

In dem Buchhalterbüro, in dem Liz seit kurzem arbeitete, schmückten edle silberne Sterne die Fenster zur Straße hinaus. Im Inneren war es zweckmäßiger eingerichtet. Aktenordner zierten drei von vier Wänden, die die beiden Schreibtische und das Hundekörbchen umringten.

»Werdet ihr wegfahren?«, stach sich die kleine rotblonde Kollegin beim Fragen fast ein Auge an dem Löffel in ihrer Kaffeetasse aus. Liz war bereits aufgefallen, dass dem Mädel persönliche Fragen leichter über die Lippen glitten, wenn sie sie zwischen zwei großen Schlucken heißem Espresso einbauen konnte.

»Eher abwegig. Wir müssen noch ein paar Dinge abbezahlen, bevor wir wieder ans Verreisen denken können. Und ihr?«

»Ja, aber trotzdem«, sie verrenkte sich, um den Inhalt des Hundekörbchens zu tätscheln. »So abgefahren wie bei euch, wird es bei uns sicher nicht.«

Sie liebte es, Türmchen unter dem Tisch hindurch zu kraulen. Liz wuchs jedes Mal gefühlt um fünf Zentimeter, wenn ihre Chefin und die Kolleginen einen Vorwand suchten, um Türmchen knuddeln zu kommen, oder sie beim Gassigehen auf ihren Hund angesprochen wurde. Es rief Erinnerungen wach.

»Wie viele sollte ich noch mal mitbringen?«, streckte eine ältere, sehr schmale Frau ihren Kopf ins Zimmer.

»So viele wie sie geschafft haben. Die Kinder wird´s freuen.«

Liz mochte ihre Chefin. So sehr, dass sie sie eingeladen hatte, sich das Areal von Toms Großtante einmal anzusehen. Da fiel ihr ein, dass es Zeit wurde aufzubrechen. Vorher musste Türmchen noch einmal Gassi.

115

»Warum sieht der Boden so eigenartig aus?«, stakste Liz´Chefin über das tiefschwarze Erdreich, das nicht so recht zur Vorweihnachtszeit passte. Sie mühte sich ab, sich nicht mit ihren hohen Absätzen in den Filzmatten zu verfangen, die die Kinder überall auslegten.

»Brandrodung. Das hat Fisch gemacht. Das schuldeten wir ihm, nachdem wir seine Technik lahmgelegt hatten. Ich will gar nicht mehr daran denken, wie lange es dauerte, eine Brandschneise um das Ganze hier zu hacken, bevor wir die gesamte Wiese auf diese Art dekontaminierten. Mussten wir leider durchführen, aber es wächst ja wieder.« Liz lies ihr Zeit, sich des Ausmaßes der Fläche bewusst zu werden. Ihre Chefin balancierte ihre schwere Transportkühlbox, während sie sich im Kreis drehte. Es herrschten die ersten Frostgrade und so erschien es ihr nur logisch, dass vor ihr ein Iglu aus den Ziegeln erwuchs, die sie alle in ihren Tiefkühltruhen für diesen Tag herangezogen hatten. Offensichtlich waren Andi und Gwen mit dem Beitrag aus ihren Tiefkühlern über das Ziel hinausgeschossen, denn ein Löschfahrzeug der freiwilligen Feuerwehr sorgte für den flüssigen Mörtel. Das Iglu wuchs auf die Größe einer Garage an. Sie war gespannt, wie viele darin Platz fänden. Die Kinder rieten laut und strahlten. Einige von ihnen flitzten in Eskimo-Kostümen umher. Sie schwor, auch einen Yeti gesehen zu haben, der brüllend hinter einem Erwachsenen hervorgesprungen war und hinter einem anderen wieder davonjagte. Etwa zwanzig Meter vom Iglu entfernt lagen die Filz- und Malermatten, die von Feuerschalen umringt wurden und ein paar Grad mehr versprachen. Liz Chefin hörte eine Männerstimme raunen, dass ihr kalt sei und eine weitere, monotonere, dass er sich hätte Handschuhe mitbringen müssen.

»Nicht nötig!«, jubelte es.

116

Liz stürmte auf den Mann an der Technik zu.

»Hast du etwa einen Muff in mein Schaf geschoren? Marvin, mach deinen Frieden mit Gott, denn das bedeutet Krieg mit mir!« Liz setzte einem großen dünnen Mann nach. Der kleine Yeti und ein paar Eskimos schlossen sich der Hetze an, blieben dann aber bei Türmchen stehen, der der Tumult nichts auszumachen schien. Völlig gelassen trottete das Tier zu einer alten Dame im Rollstuhl und stupste das Stativ an, das vor ihr aufgebaut wurde. Da kamen eine kleine silberhaarige Frau und ein Rotschopf auf sie zu.

»Willkommen auf ›Abwegig‹. Schön, dass Sie bei unserer kleinen Aktion mitmachen. Und danke«, harkte G.T. Matti sich ein und führte sie zur Tanzfläche. Tom nahm ihr den Ballast ab.

»Ich komm mir ein wenig vor, wie im falschen Film!«, fielen ihr die eigenartigen Figuren in ihren Cosplay- Kostümen auf, die ein paar Altersheimbewohner mit sich zogen. Genauso absurd mutete die Gruppe Heavy Metal Fans ganz in Schwarz an, die sich mit den Kindern jagten und mit ein paar Leuten vom Dorf über die neue Kindergärtnerin sprachen. Die junge Frau rief ihre Schützlinge zu sich und verteilte sie in der ersten Reihe. Dahinter nahmen die Senioren Aufstellung. Eine von ihnen schaute einem kostümierten Anubis in die Maske und Liz Chefin hörte sie fragen.

»Und was soll ich tun, wenn mir bei der Linksdrehung die Hüfte rausspringt?«

»Dann drehst du dich einfach rechts herum«, riefen einige der Alten und der Kostümierte gab ihr einen kleinen Klaps auf den Po. G.T. Matti zog ihren Neuankömmling mit in ihre Reihe, in der sich der große Schlaks, der Rotschopf, Liz und selbst das Schaf mit einfanden. Sie hatten alle geübt, zu Hause und allein. Aber jetzt wurde es ernst!

117

Erwin hielt die Kamera auf Stella. Vom Brand war in seiner Stimme ein leichtes Kratzen geblieben, doch er legte los:

»So, mein lieber Junge.« Er schwenkte zu den bunten Reihen, an deren Ränder noch die Feuerwehrleute Aufstellung nahmen. »Mach dir bitte keine Sorgen um uns. Wie du siehst, sind wir nicht allein.«

Alle Anwesenden winkten in die Kamera.

»Grüße nach Down Under!«

»Und das ist für dich!« Erwin zoomte auf den Laptopmonitor auf dem Tisch, auf dem seine Enkelin in ihrem Video an ihn tanzte. Er steckte die Kamera ins Stativ, klopfte auf eine Taste des Laptops und eilte in die erste Reihe, zwischen die Kinder. Sie standen alle bereit. Ein wilder Musikmix erklang für das Video. Aber nicht für die Allgemeinheit. Nichts für die sozialen Medien. Dies war ein Geschenk für ein einziges kleines Mädchen am anderen Ende der Welt.

Und der gesamte Ort kam noch dazu. Sie rannten und gliederten sich ein. Arme schwangen und vom Foxtrott gingen sie in einen sexy Tanz über, bei dem die jungen Frauen besonders die Gruppe der Metal-Fraktion aus dem Takt brachten. Aber auch die Seniorinnen ließen sich nicht abhalten, kreisten die Becken, ungeachtet des ein oder anderen Knackens. Dann tanzten sie ein paar Moves von Erwins Enkelin nach und Türmchen trottete durch die Reihen.

Es war zum Schreien, die alten Leute und Spinner mit den kleinen Kindern beim Crumping zu sehen und dann hüpfend in den Macarena zu wechseln.

Beim Booty shaking ging in der ersten Aufnahme ein lautes Lachen durch die Reihen und einige fielen deswegen um, aber davon war nichts zu erkennen, denn Türmchen war ins Bild gelaufen, und leckte das Objektiv ab.

118